NYCHTÉMÈRE

Nychtémère
ISBN 978-2-82070-373-6

Jean-Bernard POUY

NYCHTÉMÈRE

MOBY DICK ÉDITEUR

Du même auteur (bibliographie partielle) :

La petite écuyère a cafté, Baleine n°1, coll. Le Poulpe, 1995

54 x 13, L'Atalante, 1996

À sec ! : Spinoza encule Hegel, le retour, Baleine n°111, coll. Canaille/Revolver, 1998. Réédition Folio policier n°149, puis dans la Trilogie spinoziste Folio policier n°917, 2020

1280 âmes, Baleine, coll. Pierre de Gondol n°1, en référence au roman de Jim Thompson, *1275 âmes,* 2000

Le Merle, sous le pseudonyme d'Arthur Keelt (trad. de l'allemand par J.-B. Pouy (sic), L'Atalante, 2002

La Farce du destin, avec Patrick Raynal, Les Contrebandiers éditeurs, 2004

The Farce of the Destin, (2e épisode de La Farce du destin), avec Patrick Raynal, Les Contrebandiers éditeurs, 2004

Avec une poignée de sable : Spinoza encule Hegel 3, Les Contrebandiers éditeurs, 2006. Réédition dans la Trilogie spinoziste Folio policier n°917, 2020

Le Merle, d'Arthur Keelt, L'Atalante, 2016

Ma ZAD, Gallimard, coll. Série noire, 2018

Trilogie spinoziste, Folio policier n°917, recueil reprenant les trois romans *Spinoza encule Hegel, À sec !*, et *Avec une poignée de sable,* préface de Jean-Bernard Pouy, 2020

La Mère noire, Gallimard, coll. Série noire, avec Marc Villard, 2021

En attendant Dogo, Gallimard, 2022

Prix pour la petite écuyère a cafté :

1995 : Prix Polar La Roche-sur-Yon

1996 : Trophée 813 Maurice-Renault

1996 : Grand prix Paul-Féval de littérature populaire de la SGD

Nycthémère : n. m. (grec nux, nuktos, nuit,
et héméra, jour ; 1780). Biol.
Durée de vingt-quatre heures,
comportant un jour et une nuit,
unité physiologique de temps, comprenant,
pour l'homme et pour la plupart des animaux,
une période de veille et une période de sommeil,
rythmées par le jour et la nuit.
(Lexis Larousse 1975)

A Julius Puech

1 / REWARD (vitesse rapide)
15 Mai, 11 h 30, Paris (75), 11ème arrondissement

Artus se baisse pour soulever l'aspirateur et, crac, le coup de poignard en haut de la fesse. Le temps de tenter un mouvement, boum, deux coups de poignard. Coincé. La douleur blanche, la vrille. Il ne peut plus bouger. Il est là, comme un con, courbé en deux, à genoux comme à Taizé, au milieu du couloir. Le mot sciatique parvient à petite vitesse au centre de son cerveau, là où siègent, en même temps, connaissance et intuition. Putain, si c'est ça, il ne pourra jamais raconter à personne qu'il s'est bloqué une sciatique en faisant le ménage à Radio-Libertaire.

Alors, il attend.

Patiemment est un grand mot.

Pola est partie acheter une petite bombe d'air comprimé pour nettoyer la console. Elle a dû pousser au moins jusqu'à la Place Léon Blum pour trouver cette vacherie. Elle ne va plus tarder. Pourvu qu'elle se pointe avant que le « Collectif Liberté du Cap-Vert » ne débarque. Ces mecs, ils rigolent tout le temps, même en racontant des trucs horribles sur leur pays, ils seraient capables de lui taper dans le dos et de le remettre debout de force, en lui disant que ça lui passera avant que ça leur reprenne. En plus, si jamais Pola tarde trop, Artus va se cogner *Cesária Évora* en boucle. Et ça, mission impossible, il vient de passer deux heures à prouver que le vrai rock & roll est obligatoirement anarchiste, contrairement à ce qu'a toujours pensé Léo Ferré, alors y a des limites.

Théoriquement, il aurait dû rentrer direct chez lui, tout droit, en marchant vite et électriquement, brûlant les feux rouges, refaisant le monde, la tête dans les Ramones et les neurones baignés par le Petit Robert. Le mec du Havre, pas le dico.

Se sacrifier. Faire le ménage. Et voilà le résultat. Une sciatique, une chiatique, oui, nom de Dieu. Non. Pas de Dieu. À mort Dieu. Aux lions les Chrétiens et vive Néron.

Pola, qu'est-ce que tu fous ?

Elle a trouvé sa bombe, elle est contente, ça faisait un moment qu'il fallait chasser de la platine la poussière, les rognures d'ongle, voire les cendres tombant de quelques sticks, même s'il était interdit de fumer dans le studio. En même temps, il était toujours, aux dernières nouvelles, interdit d'interdire, bien qu'il y ait des petits panneaux du genre mise en branle de la responsabilité collective, ne fumez pas là, s'il vous plaît, pensez au matériel, y'en a marre de ponctionner les camarades autogérés pour se payer du matos convenable. Avec Artus, son frangin, au moins, elle faisait une vraie équipe et pas seulement dans le binaire en furie. Eux, ils nettoyaient. De vrais techniciens de surface. Ils laissaient toujours le studio plus propre qu'ils ne l'avaient trouvé en entrant. Simple question de rigueur libertaire qui insiste, dit, rappelle : laissez l'État dans les chiottes où vous l'avez trouvé en entrant.

Elle pousse jusqu'à l'entrée principale du Père-Lachaise pour s'en jeter un dans le rade, juste à droite. Elle l'aime bien, ce bistrot, même si, dans la déco, il y a une dominante de rouge. Un demi. Une première gorgée. Aux chiottes Delerm. Son fils, surtout. Au moment où la deuxième gorgée, bien meilleure, va lui baigner les dents du fond, on lui tape sur l'épaule.

Pola se retourne et reconnaît, ébahie, Raymond, l'immense Raymond, le célèbre Raymond, il n'y en avait pas deux comme lui pour ratisser large, en queue de manif, afin d'éviter l'intrusion d'éléments pouvant porter atteinte à la bonne image des adorateurs du chat noir hérissé. Certains l'appelaient même « le Camion de Voirie » tant, quelquefois, il semblait faire partie des véhicules municipaux vert pomme nettoyant les avenues et boulevards des saletés militantes.

— Salut Pola.

— Salut et fraternité, Raymond.

— Artus est dans les parages ? Je vous ai entendu, il y a une demi-heure. À la radio. Autant dire que je ne suis pas d'accord pour les *Pretty Things*.

— Il est au studio, il m'attend. On nettoie.

— Je viens avec toi, j'ai besoin de vous parler. Autant grouper, je n'aurai pas à me répéter. Finis ton poison, on y va.

Pola termina sa bière, détaillant, à travers le verre embué de fine mousse, le long manteau de cuir, l'écharpe rouge, le *pork pie hat*, les cheveux longs. Raymond aurait pu sortir directo du dix-neuvième, pas l'arrondissement, le siècle, celui qui avait accouché plein de formidables romans populaires et de penseurs enragés. Ce mec aurait pu jouer dans un film tiré d'Edgar Poe ou de Paul Féval.

Quand ils entrèrent dans les locaux de RL, ils trouvèrent Artus, grimaçant et agenouillé au beau milieu du lino.

— Qu'est-ce que tu fous ?

— Je fais ma prière tourné vers la Mecque, ça se voit pas ?

— Eh ben, raté, c'est dans l'autre sens.

— Je suis coincé, bordel, une attaque de sciatique, je crois, je peux plus bouger, c'est arrivé comme ça, sans prévenir. Je t'attendais. Salut Raymond.

— Allez, debout, on y va.

— Je peux pas bouger, je te dis.

— On va te porter.

— Tu me touches, je crie.

C'est à ce moment qu'entrèrent les mecs du Cap-Vert. Comme si l'alizé se levait dans le bouclar.

Quand, cinq minutes après, ils eurent fini de se bidonner, l'un d'eux proposa sa bagnole pour porter le grand blessé à Saint-Antoine, une bonne infiltration en urgence le décoincerait. Il savait de quoi il parlait, il était médecin. Avant. Personne n'osa lui demander avant quoi. Quand Artus vit la voiture, il gémit. Une caisse que *Darth Vador* aurait customisée sous acide.

Onze heures du soir, espoir. Artus peut rester allongé sans avoir mal. Dans deux jours, il subira une autre infiltration et ça ira. Nerf coincé par la vertèbre qui a bougé et qu'on lui a remis en place. Couché sur un canapé dans une position assez compliquée, il repense à ce séjour à l'hosto, en regardant Pola passer un poulet Korma au micro-ondes.

Il ne savait pas très bien ce qui était prévu, après la prise du pouvoir, pour l'Assistance Publique, mais fallait vraiment tout changer. Cela dit, il n'avait pas vraiment envie de prendre le pouvoir. Il fallait simplement le rendre à ceux qui y avaient droit.

Les diafoirus se démerderaient tout seuls. Il avait

attendu trois cents ans dans un couloir maudit et, enfin, on l'avait fait passer avant un mec, la tête au carré, qui tenait son œil dans le creux de sa paume. Artus avait protesté, en beuglant, qu'il pouvait attendre encore un peu, que, pour le camarade énucléé c'était plutôt urgent, mais on lui avait signifié boîte à camembert, tu l'ouvriras pour le dessert. Et comme il était sur une chaise à roulettes, il aurait fallu qu'il coinçât ses doigts dans les rayons pour empêcher qu'on l'emmène. Après, dans l'ordre, une jolie infirmière, un interne autant agité qu'ostéopathe, une autre infirmière, une piqûre à bousiller un canasson, et, en fin de parcours, un dragon à moustache pour lui faire cracher son nom, son adresse et son numéro de Sécu. Heureusement, il avait sur lui la carte Vitale de son cousin. Comme ça, ce con, un de ces jours, recevrait l'Illumination de la Facture, et saurait, comme lui, ce qu'est une douloureuse.

Mais avant toute cette montée au Gogoltha, pour meubler la glauque attente dans le couloir de l'hosto, il y avait eu la conversation avec Raymond le Camion de Voirie. Ce dernier avait attendu qu'Artus se calme un peu, oublie ses nerfs et que Pola cesse de bouillir comme un génie.

— Adonis Klakos, ça vous dit quelque chose ?

— Euh. Oui. Non. Un peu. Pas trop.

Raymond avait tiré un papier de sa poche, une page déchirée de livre.

— Il a écrit ça, il y a une dizaine d'années. Écoutez bien : « ... avec les changements dus au Temps Ennemi, les stratèges les plus futés, accordons-leur pour une fois le miel de l'Araison, ne voient en face d'eux qu'un beau bordel. Pour nous, il serait peut-être temps de penser aux choses sérieuses. Quand le Propriétaire montre la Voie en désignant sa Maison, les va-nu-têtes regardent seulement la voie. Pensent à couvrir leurs arrières et à se préparer à la cyclique et absurde entropie qui ne tardera pas à submerger le Monde. Il faut, de toute urgence, appliquer le principe de la feuille désossée. Arracher la chair verte. Faire apparaître les membrures. Penser à l'araignée... »

— Ça veut dire quoi, exactement ? avait gémi Pola.

Raymond les avait alors observés en souriant.

Qu'est-ce qu'il voyait ? Qu'est-ce qu'il savait d'eux ?

Un mâle et une femelle, pour qui le rock & roll faisait office de Bible Ultime, mais qui n'avaient jamais fait aucune concession au Temps et qui vivaient parfaitement en marge. Un jeune homme et une jeune femme qui ne rechignaient pas au coup de tatane quand il le fallait, même la fille. Surtout la fille. Qui ne s'étaient jamais fait serrer par la flicaille. Ils n'avaient donc pas pu être retournés.

L'un avec une sciatique, l'autre qui ressentait, par osmose, les douleurs de son frère. Putain, deux individus capables de faire le ménage à Radio Libertaire...

Alors il leur expliqua à toute vitesse que ça voulait dire : organiser des réseaux, installer des filières, grouper ceux en qui l'on a une confiance aveugle et mettre en place une clandestinité qui serait opérante du jour au lendemain. Des lieux de repli et de regroupement. Ça voulait dire aussi : amasser du matériel, celui qui peut toujours servir à se défendre ou à se cacher. Et surtout ne plus attendre un appel de l'extérieur. D'ailleurs, quel extérieur ? Ne plus jamais être pris de court ou de vitesse. Plus jamais.

— C'est vrai qu'on s'est toujours fait baiser parce qu'on avait un temps de retard, dit Artus en essayant de changer de position sur le brancard.

— Et alors ? demanda Pola, méfiante dès qu'elle était en présence de délires vaguement militarisants.

— Alors, c'est fait. Cela fait deux ans que certains éléments, surtout issus de ce que les connards pléonastiques appellent la Société Civile, s'en sont chargés. Le programme est prêt. Maintenant qu'on est sûr que ça va péter, en plus du diagramme, il faut des hommes. Et ça urge.

Ils avaient réfléchi. Intensément.

Trois secondes.

Et ils avaient dit oui, ils en étaient.

Pour l'instant, pour eux ça ne changerait rien. La vie devait continuer dans les mêmes interstices qu'avant. Même s'ils faisaient désormais mentalement partie de la Brigade, ils pouvaient continuer de raser les murs en souriant.

Il fallait attendre, tout simplement.

Ils sauraient en temps utile où trouver tout ce qui constitue la logistique dite de la « feuille désossée ».

Mais ils avaient aussi quelques devoirs à faire à la maison : lire, le plus vite possible, *Stratégie araisonnable* d'Adonis Klakos.

2 / PLAY
5 Octobre, 8 heures (Premier jour de l'Année 1 dite ZO d'AXA-), Gironde (33), entre Margaux et Castelnau de Médoc.

— « La bave de la limace reste luisante, même quand l'animal a disparu ».

— Victor Hugo ?

— Non. Klakos ?

— Ouais.

Raymond le Camion de Voirie, les yeux voilés de stratégie, se détourna de la pâle silhouette de Crizzy la Lente Ardeur pour regarder la « Maison Bleue », juchée au sommet de la colline, nimbée de brumes matinales. En toile de fond, des fumées acides. La grande ville toute proche semblait se consumer comme une cigarette mal éteinte, et ses miasmes s'effilochaient en direction de l'Océan. Le vent était donc à l'Est.

Admiratif, le Raymond, le Camion.

La « Maison Bleue » en jetait vraiment, avec ses grandes façades encadrées de tours et pignons manifestement violées par le Duc. L'imposante bâtisse fortifiée, entourée de ses anciens chais massifs, était comme un téton monstrueux, une aréole blanchâtre érigée sur un sein crayeux, striée de tranchées et parsemé de blocs de béton anti-chars. De nombreux drapeaux bleu outremer flottaient au vent mauvais, comme disait l'autre.

Ce qui restait de l'armée honnie était là, tapi au milieu de vignes que le monde entier aurait aimé vendanger, bien qu'en ce début d'automne, les vendanges risquaient d'être tardives. Déloger ces combattants, déguisés en poubelles de l'Histoire, allait être périlleux. On pouvait prévoir de longues heures de sang et de douleur, de corps à corps, de face à face, d'échanges d'humeurs, de fureur et de mort.

À moins que...

Raymond le Camion de Voirie toussa, expulsant des scories de fumée, d'angoisse et aussi d'impatience. Autour de lui, allongés dans les fossés, accroupis derrière les camionnettes garées plus loin, sur la route de Bordeaux, ses quelque trois cents volontaires se taisaient. Pourtant, dans le petit jour, leurs armes, luisant faiblement, criaient déjà d'une clameur muette, l'espoir d'un nouveau jour pour une nouvelle ère. Un lourd silence empli des hurlements de la victoire, de la victoire finale.

Raymond le Camion de Voirie aurait pu se sentir, à l'instar de sa troupe, fatigué. Il était huit heures du matin. Depuis minuit, depuis qu'ils avaient, en assemblée, décidé d'en finir, ils ne s'étaient pas arrêtés un seul instant, ne prenant pas le temps de humer l'air frais de l'automne. Huit heures à peine, mais quatre cent quatre-vingts minutes d'intensité et d'escarmouches. Tout au long de leur progression, depuis le Larzac, ils s'étaient fait la main sur quelques résidus, faibles fuyards, honteux traîtres, des hommes désormais sans Maison, sans toit, sans protection.

Raymond le Camion de Voirie avait, autour de lui, les derniers fidèles, ultimes humains ne croyant toujours pas à la propriété, venant, pendant plus d'un mois, calfeutrés dans une dizaine de fermes plantées sur le Causse, d'attendre tactiquement, comme au spectacle, la fin du Grand Guignol.

— Les Copros... quand j'y pense...

— Je sais ce que tu penses. Tu penses qu'avec un nom pareil, la merde n'est jamais loin.

— Exact.

Le choc frontal des « Maisons » entre elles avait duré trente jours. La guerre de Trente Jours. Tout était tellement plus rapide, aujourd'hui. Il y a peu, en temps relatif, cela aurait duré Trente Ans. L'élimination des Néandertaliens par les autres Sapiens avait bien duré trente siècles...

— C'est quand même dommage, tout ce bleu...

Le bleu est une belle couleur. L'eau. Le ciel. Un ara. Mes yeux.

C'était vrai que le bleu de l'iris, minéral, de Crizzy la Lente Ardeur était d'une singulière beauté. Qu'il se remarquait d'autant plus quand elle s'habillait de cuir noir de pêche et qu'elle nattait ses longs cheveux corbeau. Raymond le Camion de Voirie observa en coin la jeune femme. Elle avait été là depuis le début, presque un an maintenant, patiente, imperturbable, inébranlable. Chargée auprès des Comités, dès le début, de définir la stratégie anti-copro, suivant à la lettre l'enseignement d'Adonis Klakos, dont la sombre pensée pouvait se résumer en quelques mots : le dîner de la hyène, laisser les fauves chasser leurs proies, attendre qu'ils se fatiguent, et, ensuite, ramasser les morceaux. Et la petite armée, planquée là dans les fossés, puait elle aussi. Mais la pire des fragrances, celle de l'Araison.

— Tu te vois avec des yeux roses ?

— « Que savons-nous ? Qui donc connaît le fond des choses ? Le couchant rayonnait dans les nuages roses... »

— Klakos ?

— Non. Victor Hugo.

Du pur Crizzy. De la pure lenteur. De la pure ardeur. Toujours retourner la balle à l'envoyeur.

Raymond sortit de son blouson la liasse de papiers défraîchis qu'ils avaient soutirée à un notaire de Libourne, un petit homme joufflu à lunettes d'acier, un vague clone de Peter Lorre, qui, en voyant débarquer dans son étude une trentaine de types vêtus de nuit, les AK à la main, avait montré un admirable esprit de coopération, fouillé ses rayonnages, leur confiant sans une seule protestation tous les plans et données cadastrales concernant la « Maison Bleue », dernier bastion encore intact de l'Âge des Copros.

Il vérifia une fois encore les accès, la route, les entrées, les chemins, le nombre de portes, la place des escaliers. Avec ces plans, les attaquants avaient imaginé où pourraient se trouver les troupes de défense, les nœuds plus résistants. Tous les gros bras et la plupart des responsables nationaux de la « Maison Bleue » étaient terrés là, à cinq cents mètres d'eux, même pas méfiants, peut-être fêtant encore leur dérisoire et récente victoire, attendant simplement que se calme la nervosité générale après ce mois de fureur.

C'était donc maintenant qu'il fallait en finir. Pour cela, sur le front sud, les trois cents combattants du Comité Makhno s'étaient mis à la place des stratèges ennemis, qui, on le savait depuis longtemps, ne pensaient pas en coupure mais amassaient primitivement le concept.

Patience. Le plan d'attaque avait été préparé minutieusement selon la tactique de base, celle que la raison ne pouvait imaginer mais que l'Araison commandait. Ils n'avaient que la journée pour parfaire leur œuvre. Si la bataille tardait trop, si elle durait plus qu'un nycthémère, le terrain risquait de se voir encombré de curieux, de néfastes, de sympathisants, de civils. Les néo-constructeurs. Ceux qui croient toujours pouvoir sortir de l'obligatoire et féconde entropie.

Raymond le Camion de Voirie regarda sa montre.
— Dans moins d'une heure, maintenant.
— Enfin.
— Qu'espère-t-on ?
— La victoire.
— Sans aucune perte.
— Bien sûr. C'est araisonnable.

Ils avaient suivi le même enseignement. Ils avaient le temps, celui d'une fiction. La fiction contre l'angoisse.

— Raconte-moi une histoire.
— Drôle ?
— Plus jamais rien ne me semblera drôle, méfie-toi.

Crizzy ne réfléchit qu'une batterie de secondes. Un voile sombre s'étala sur son front, comme une nuée d'orage.

— Je me souviens. Ça concerne ma mère...
— Attend, je dresse le décor...

L'enseignement de base proposait à tout auditeur d'histoire, de conte, de saga, d'intervenir à tout moment pour charger le motif, de s'insérer dans le paradigme, afin de ne pas laisser le conteur isolé. Ne jamais être victime d'un conteur isolé.

— Une belle femme. Obligatoirement. Tu tiens d'elle. Brune, élancée, peut-être italienne, je ne sais pas. Et toi, tu te souviens de la petite cuisine en formica, et de la table un peu collante où ta mère faisait des crêpes. Non, pas des crêpes... des gnocchi, c'est bon, ça, les gnocchi... Et tu la regardes, et tu penses que c'est incompréhensible de la voir pleurer, de temps en temps, elle est belle, elle est encore jeune, tout va à peu près bien dans la maison et la famille, le père est là, tu ne comprends pourquoi elle pleure souvent, mais tu sens que cela est de l'angoisse et que...

— Non. Pas du tout. Ma mère ne pleurait jamais, sauf certains jours, mais c'était de rage. Surtout quand elle revenait des réunions du syndicat. Elle se mettait à hurler, les traitant tous de chiffes, de sans couilles, de pétochards, qu'elle en avait assez de se crever pour crever, n'importe comment, que la solidarité manquait autant que les patates et que c'était à se la prendre et se la mordre.

Raymond profite alors d'un petit silence de Crizzy qui, les yeux flous, tente de remettre des accessoires autour des souvenirs.

— Et ton père tentait de la calmer et alors elle le traitait de jaune et ça gueulait toute la nuit.

— J'aurais bien voulu. Mais y avait pas de père à la maison, j'en ai jamais vu, le mien avait dû se barrer très tôt, ou bien ma mère s'était retrouvée enceinte et avait fait ça toute seule rien que pour embêter la famille, je ne sais pas, elle n'a jamais voulu en parler, excuse-moi, on dirait du Zola, mais bon, Zola revient, on va vite revoir ça, Zola. Elle travaillait à la DPF, une grosse usine de traitement des métaux, à la cantine, elle faisait à manger pour cent cinquante ouvriers, c'est pour ça que, certains soirs, je mangeais des clous, parce qu'elle ne pouvait plus voir une casserole en peinture, ça lui donnait envie de vomir.

— Ce qui explique ta taille de guêpe...

— Ne plaisante pas où je te balance un *Blank Point*.

Raymond n'insiste pas, il adore trop ce jeu, mais d'un geste de la main, il arrête pourtant le récit de Crizzy et prend ses jumelles. Ça y est, Platé le Mythe Décisif, Artus et la géante sont arrivés près du petit pont gallo-romain, celui sur lequel passe la petite route menant au château. Personne, au-delà, ne semble les avoir repérés. Aucune agitation inquiétante du côté des bleus. Tout va bien. Le piège se referme dans la douceur innocente du matin.

Le *Blank Point*... Quelqu'un raconte une histoire et,

quand ils le peuvent, les auditeurs tentent de la deviner et surtout de la magnifier. Dès que l'ennui se profile à l'horizon des mots, dès qu'une faute narrative est commise, quelqu'un peut crier : *Blank Point* ! et tout s'arrête. Mais, pour l'instant, personne n'a vraiment envie de conclure. Car c'est du plaisir avant le bordel sanglant qui s'annonce.

— Excuse-moi. J'en restais bêtement à quelque chose de drôle. Moi aussi, j'en ai vu, des réunions de syndicat, c'était toujours un crève-cœur, quelquefois une défaite, alors que ça aurait dû remonter le moral.

— Elle ne m'y emmenait jamais, elle disait t'as le temps pour être déçue, et comme tu le seras par force, déçue, eh bien, profite de ton innocence, pauvre gourde, et regarde bien autour de toi, si t'as l'œil, t'auras déjà de quoi te mettre en colère toute seule... Mais... Un jour de décembre, j'ai dû aller lui apporter des provisions sur un piquet de grève...

— Aaah, le petit matin, la brume, les grévistes frigorifiés, les chaînes bloquant les grilles, les banderoles humides avec la peinture qui coule, et le brasero, le gros brasero, le bidon de métal dans lequel rougeoient et fument des bastaings. Pour l'instant, les prolos sont groupés tout autour, leurs mains en avant pour se chauffer les paumes, plus tard, ils y feront griller des saucisses dont le fumet ira survoler les CRS garés plus loin et qui espèrent que le signal va bientôt leur être donné de dégager et de tabasser tous ces communistes dont ils auraient pu faire partie s'ils n'avaient pas choisi ce métier, salopards d'ouvriers qu'ils cogneront au moins aussi durement que s'ils essayaient de balayer leur mauvaise conscience.

— Pas mal.

Crizzy aimait bien Raymond. Elle l'avait près d'elle depuis la retraite du Larzac. Elle avait pris son corps de haute lutte car cet homme avait la tête ailleurs, à des milliards de kilomètres mentaux, pas loin du territoire visible de l'Utopie. Faire l'amour selon des méthodes araisonnables n'était jamais facile, mais évacuait l'ennui des poses. Elle était à présent contente d'être là, soudain épanouie, allongée dans la rosée, armée jusqu'aux gencives, jouant avec lui, prête à vivre un grand moment d'Histoire, un moment qui s'ajouterait à tous ces instants magiques qui n'avaient concerné que la peau, quelques tissus érectiles et ce qu'il y avait encore de reptilien dans le cervelet.

— Pas mal. Mais c'était le soir. J'ai su, après, que la journée avait été très tendue, les grévistes avaient dû s'opposer, le matin, à la furia des jaunes qui voulaient bosser. Il y avait eu beaucoup de cris et quelques hurlements. Des nervis de la société avaient aussi tenté de couper à la meule les chaînes bloquant les grilles d'entrée, mais des cocktails Molotov avaient dissuadé les plus concernés d'entre eux.

Raymond leva la main, signe qu'il voulait intervenir.

— Molotov... C'est comme Staline pour les orgues.

Entré dans l'Histoire pour une arme, quand on y pense, alors qu'ils auraient pu emplir les pages du dictionnaire avec des trucs comme sauver le peuple, éliminer la valeur et le profit, rétablir l'équité et le partage, soulager à jamais les reins fatigués des esclaves perpétuels. Non, ce con restera dans les mémoires pour une bouteille de vodka, qu'il s'est enfilé cul sec avant, et dans laquelle il a mélangé huile et essence, tu parles d'un progrès, par rapport à Tycho Brahé...

— N'empêche que. Après le baston, il y avait eu encore d'autres négociations. Avec les envoyés du patron, puis le capitaine des CRS, puis un médiateur, ça c'était nouveau, ça venait de sortir, un mec qui apportait directement des propositions du pouvoir. Je suis arrivée à ce moment-là. Avec mes trois baguettes, la grosse tranche de pâté et les bières. Ça gueulait, on a tenté de m'empêcher de passer, mais j'ai pu courir jusqu'à la grille et tout donner à ma mère qui était dans un état pas possible. Ses yeux brillaient, ses joues étaient humides, j'ai cru que c'était la sueur...

— Alors que c'était des larmes.

— Sûrement. Je ne sais pas pourquoi, je n'avais que treize ans, mais ça devait me travailler, mais j'ai tout de suite vu, à côté de ma mère, ce type, un grand type blond, une sorte de Viking et, sur le coup, j'étais sûre qu'elle sortait avec...

— Attention au *Blank Point* !

— Oui, pardon, qu'elle était amoureuse de lui, parce que moi, en trois secondes, je l'étais, amoureuse, folle, mordue, j'ai même pensé que le dimanche, ce mec devait jouer dans un groupe de rock, c'était pas possible autrement.

Raymond le Camion de Voirie éclate de rire. D'autres combattants, étalés plus loin dans les fougères, le regardent, étonnés, ça faisait longtemps qu'ils n'avaient pas vu rigoler celui qu'ils avaient désigné comme responsable, le temps de l'attaque finale. Mais Crizzy la Lente Ardeur semble vouloir calmer l'hilarité de son compagnon. Son visage est, tout à coup, d'une intense gravité au moins aussi palpable que celle qui baigne ces lieux, pour l'instant, vierges de sang et de douleur.

— En fait, ce type, c'était le délégué syndical en chef. Celui dont la parole entraîne l'adhésion. Et il venait d'y avoir une intense discussion parmi les grévistes. La plupart, convaincu par leur grenellien de chef, acceptait les propositions du médiateur et décidait, démocratiquement, d'arrêter la grève et de reprendre le travail.

Ma mère, elle, s'y opposait. Et là, devant moi, devant une petite fille coincée derrière des grilles, les hurlements ont recommencé. Ma mère a crié que rien n'avait été gagné, bien au contraire, tout était perdu. Tu as perdu quoi, pauvre aventurière ? s'est énervé le grand blond. Tu as gagné deux points sur le barème des salaires et trois sur les retraites.

C'est quelque chose de perdu, ça ? Non, c'est une victoire ! Ma pauvre fille, tu n'as perdu que quelques heures dans le mois, c'est tout. Ah oui ? s'est écriée ma mère, devenue toute blanche.

Crizzy reprend son souffle, regarde la « Maison Bleue », à présent caressée par le délicat soleil jaune citron d'Octobre.

Raymond n'en profite pas. Il sent que le nœud du récit approche.

— Ah oui ? a hurlé ma mère, tiens ! Voilà ce que je perds ! Et si t'y vois un symbole, tant mieux ! Et elle a plongé son poing droit dans les braises du brasero. Elle s'est évanouie juste avant moi.

Raymond, saisi, regarde ailleurs. On sent qu'il essaie d'imaginer la scène. Crizzy sait qu'il tente également de deviner un après, un futur, à ce sacrifice.

— Elle a changé de boulot. D'abord des ménages. Et puis elle est entrée à la Sécu. Le fameux quota des handicapés. Et moi, je suis là.

— Et si tu rencontres un jour un médiateur, tu lui arraches les couilles.

Crizzy la Lente Ardeur l'observe. Raymond le Camion de Voirie réagit toujours aussi vite. C'est normal, c'est pour cela qu'elle commence à l'aimer.

— Cette histoire, elle est vraie ?

La jeune femme, là, est légèrement déçue.

3 / REWARD (vitesse lente)
4 Septembre, 22 h 32, Vendée (85), entre Montaigu et Les Herbiers

Le bocage soi-disant vendéen. Des haies, des talus subsistent. Des vaches ruminent dans la nuit. Au-dessus d'elles, une nuit bien noire, on ne voit pas les étoiles, un édredon de cumulus chargés jusqu'à la gueule de flotte atlantique couvre l'endroit.

Au fond du parc à la pelouse humide, la « Maison Blanche » est illuminée. Ce château du 19ème siècle, à la centaine de fenêtres ayant oublié par la magie de l'esthétique d'être tout simplement des meurtrières, resplendit comme la demeure d'une Belle au Bois Dormant qui va se réveiller en hurlant.

Ce soir, il y a raout, avec des vrais morceaux d'aristocrates dedans, une fête compassée pour crypto-monarchistes, para-légitimistes, arrière-gardistes, latino-messistes et anti-avortementistes. Le rencard annuel, rituel, consensuel de tous les conservateurs qui ne participent pas de la bonne tenue des confitures.

La messe, à l'ancienne, dite par un représentant d'on ne sait plus quel organe pourrissant de Jésus, se tient dans la grande salle. Il clôt les festivités, discours, rapports de commissions, petits fours/mousseux et autres joyeusetés de ce beau monde qui veut, contre vents et marées, protéger la Foi, la France, la Famille et la Patrie tout en rappelant, en antienne rageuse, le saint martyre des Chouans décimés, avant l'heure, par la populace socialo-communiste.

Leur Dieu Vivant, saignant de son Cœur en flammes, ne les aide pas beaucoup, même s'ils le prient, le supplient, l'invoquent, à genoux sur le carrelage de marbre. Ils sont une centaine, prostrés, en communication télépathique avec le Grand Barbu qui ne les prévient surtout pas que dehors, sur les pelouses rasées de près du Parc, sous les chênes, hêtres et charmes, progressent en silence deux cents militants, au bas mot, de la « Maison Brune », spadassins venus du Sud, bien décidés d'en finir avec la tendance molle, avec ces traîtres qui font bande à part et se bouchent dédaigneusement le nez quand il s'agit de côtoyer la France, la Vraie France, la Nationale.

Le Comité directeur de la « Maison Brune », celui qui a décidé cette petite sauterie macabre, ne sait pas encore qu'il passera, dans l'Histoire, comme l'aventurier qui a mis le feu aux poudres, qui a allumé la mèche lente, même s'il y a, dans cette même Histoire qui bégaie en postillonnant, de fachos antécédents, notamment de Cristal. En tout cas, la consigne c'est : pas de quartier, Dieu reconnaîtra les siens, ça fera de la place pour les élections, si jamais il y a encore des élections.

Les assaillants prennent position tout autour du château après avoir réduit au silence infini qui effraie, à coups d'arbalète, trois vigiles gardant les bagnoles luxueuses garées sur le gravier. Les talkies-walkies grésillent dans l'obscurité. Les armes sont chargées. Certains nostalgiques mishimeux sortent des armes blanches. L'ordre est de ne pas dépasser le quart d'heure pour éradiquer. Ensuite, au pas de course, rejoindre les 4X4, entassés plus loin, s'évanouir dans la nature, et mettre quatre jours, en se dispersant, pour rejoindre, au ralenti, la « Maison Brune », sur les hauteurs de Nice.

À 22 h 48, le nom de code *Domrémy* claque dans les écouteurs. C'est le signal du carnage prévu.

Alain L. / 54 ans / Directeur de Société à Nantes / Études au petit et grand séminaire / Puis à l'ESSEC / Militant, très tôt, de l'Association « Vie et Foi » / Trésorier de la même association depuis 10 ans / Arrêté six fois lors d'opérations « cadenas » dans les hôpitaux de Loire-Atlantique / Condamné trois fois / Marié, sept enfants / Tué de deux coups de dague sur la commune des Herbiers à 22h51.

Suggestion d'épitaphe : abruti notoire.

Daniel B. / 26 ans / Parents commerçants à Dreux / Études de géomètre / Skinhead très tôt, joue d'une guitare aussi basse que sa culture dans le groupe de rock identitaire *White Skin* / Membre du service d'ordre de RadiKational, groupuscule d'extrême droite proche de l'ARN (Alliance Réforme Nation) / Responsable en second du Génie Militaire (sic) à la Maison Brune / Mort par balles sur la commune des Herbiers le 4 Septembre à 22 h 53.

Suggestion d'épitaphe : néfaste connard.

4 / REWARD (vitesse lente)
Hexagone, le 5 Septembre

Dans la presse du lendemain, ce fut du pur délire sémantique, tendance « on n'y croit pas, c'est trop affreux ». Tout le monde fut dépassé par l'événement et les spectres habituels réapparurent. Celui de la guerre civile (l'armée nationale cantonnée dans ses quartiers, prête à protéger et défendre les points névralgiques), celui du terrorisme (quotidien ultra-vigie piraté qui va occuper largement la Police), celui du fascisme (des millions de personnes jetées dans la rue), celui de l'anarchie (beaux discours enflammés proclamant que pas de ça chez nous). Et d'autres fantômes encore qui, pour la plupart des *zobservateurs*, consultants et géopoliticiens, étaient plutôt des épouvantails.

Quand même, putain, plus de cent trente morts, la fin brutale et sanglante de la « Maison Blanche », sans parler de quelques bruns aussi malchanceux que victimes d'une défense acharnée et désespérée de la néo-chouannerie mourant en martyr tout en rejoignant leurs saints patrons.

Et, last but flot liste, un château dix-neuvième en flammes et en ruine, la racaille n'ayant, en fait, aucun sens du patrimoine.

Sinon, pour un mec qui lit L'Équipe, écoute NRJ et regarde Ardisson, tout va bien.

5 / PAUSE / Adonis Klakos (extrait)

« La raison, c'est ce qui effraie le plus dans un fou » bramait Anatole France, qui était plus français qu'anatolien. « Quand l'eau courbe un bâton, ma raison le redresse », pérorait La Fontaine, du haut de sa sagesse autant bourgeoise qu'immémoriale. « La raison se compose de vérités qu'il faut dire et de vérités qu'il faut taire », peut-on lire chez Rivarol, avec des pincettes, et l'oublier juste après. « Plus vous trouvez de raison dans un homme plus vous trouverez en lui de probité », s'est gouré Diderot, qui, pourtant, ne s'est pas souvent trompé. Si. Avec Greuze. « La raison et la liberté sont incompatibles avec la faiblesse » crachait Vauvenargues, ce nul, ce veau, ce venargue. « La raison c'est la folie du plus fort. La raison du moins fort c'est de la folie. » Victor Hugo, là, faut admettre, c'est bien vu. Bravo totor, t'as le droit de savoir ce qu'après toi a dit Macedonio Femandez : « Ce qui manque le moins au méchant pour faire ce qu'il fait, ce sont les raisons. »

Impeccable. Il va sans dire qu'après tout ça, il y a du boulot...

6 / REWARD (vitesse lente)
3 Octobre, 7 heures, Valence (26)

La Synergie Urubu-Spinoziste décolla de Valence à l'aube, avec armes et bagages, deux motos (dont une Guzzi) et trois bagnoles (dont une commerciale). Après avoir laissé, avec plaisir, leurs frusques et frasques sur place. Après avoir planqué les mômes du côté de Chabeuil, chez Kati la Pogne, qui les gaverait de caillettes, ces bons pâtés aux herbes qu'on fabrique dans les parages, et qui les défendrait bec et ongles. Les enfants, pas les caillettes. Dans le coin, on savait qu'il ne fallait pas trop asticoter la Pogne si on ne voulait pas tomber entre les siennes.

La petite camionnette contenait suffisamment de quoi faire sauter la République, en plus des nombreux livres dont ils n'avaient pas jugé nécessaire de se séparer, et d'une dizaine de cubis 10 litres, du rouge et du blanc, mais que du Saint-Joseph.

Ce n'était pas la première fois qu'ils utilisaient le divin carburant pour œuvrer dans la beauté. Il y avait un an à peu près que cinq d'entre eux avaient débarqué à la gare de Valence au petit matin. Cinq individus de sexe mâle (quoique), mal lavés, les yeux crottés et le bulbe encore imprégné à mort des effluves et agapes de la veille où, à n'en pas douter, ils avaient fait une nouba à tout casser. Ils étaient hilares et reposés de l'âme, car ils avaient fait leur devoir, ils rentraient de mission, ayant rempli leur propre cahier de décharge. S'ils avaient roupillé, dans le train, comme des ministres, c'était sur l'oreiller tiède du potlatch bien distribué, de l'usage bien mené. Ils avaient produit du sens revenant de Paris où ils étaient montés pour foutre un bordel noir et prouver à tous les connards pour qui le mot province s'accompagne d'une forte idée d'immobilisme, qu'en dessous du quarante-cinquième parallèle, on savait vivre, penser, échafauder, théoriser. Les Parisiens, de tous bords et de tous poils, s'en souviendraient longtemps, de la déferlante urubuiste. Quelques bars branchés où se réunissaient, dans le feutré hypocrite d'ottomanes en cuir, des intellectuels depuis longtemps dépassés et inopérants, avaient dû appeler en toute urgence des architectes d'intérieur pour refaire la déco. Des halls de maisons d'édition, où se publient, moroses et inefficaces, de nombreux romans tellement blancs qu'ils en deviennent transparents, avaient vécu la métaphore, et pouvaient maintenant témoigner qu'après le passage des sabots frénétiques de la Synergie, la moquette ne repousse plus. Quelques libraires frileux n'avaient plus, maintenant, qu'à revendre leur licence IV. Quelques hégéliens, y compris des cryptos débordés, ceux-là mêmes qui confondent herméneutique et éthique, s'étaient retrouvés dans une douleur de type mozartien. Même un commissariat d'arrondissement avait fait les frais de l'impunité, celle-là même qui s'obtient à partir de onze verres de vin épais. Car les cinq membres de la Synergie n'avaient jamais oublié une haute idée de la vengeance, celle qui permet de boire, de boire et de boire. C'est dans le vin que coule l'infinité des jours heureux. Alors, ils ont bu, tard dans la nuit, jusqu'à ce que leurs neurones deviennent eux-mêmes d'appellation contrôlée.

Et c'était là que le bât avait blessé. Prenant, glorieux, conquérants, le chemin du retour, ils s'étaient gourés de gare, de train, de places. Et c'était l'araison pour laquelle, sur le quai de la gare de Valence, la première personne qui les avait vus leur avait jeté :

— *Buenos dias, caballeros !*

Après une seconde d'égarement, ils avaient décidé de visiter Valence, Valencia, Espagne. Une ville où il devait y avoir un pinard tout ce qu'il y a d'urubuesque.

Les membres mordorés de la Stratégie Urubu-Spinoziste traversèrent le Rhône en hurlant. Leurs anathèmes visaient en vrac, la vie d'avant, les enfoirés d'hier et les salauds de demain. Ces derniers allaient morfler, ça ils le promettaient, ça, ils en étaient sûrs.

Sur le pont, deux gendarmes tentèrent de les arrêter pour sans doute leur faire souffler dans le ballon. Ils furent jetés dans le Rhône et, longtemps après, follement applaudis quand ils parvinrent, comme de gros chiens mouillés, à gagner la rive à la nage.

Il faisait encore beau sur l'Ardèche quand la Synergie se mit à l'escalader en pétaradant. Dans les cerveaux pointus de ces combattants de l'impossible, c'était blanc et pur comme un champ de neige.

7 / Reward (vitesse rapide)
28 Mai, 11 h 30 am, Paris (75), 11ème arrondissement

Faire une émission entière sur « Pete Brown & Piblokto » et « Étron Fou Leloublanc », ça creuse.

Artus et Pola se tapaient un boulgour/doner dans un petit resto kurde, du côté de la rue Camille Desmoulins, d'où souffle la tempête faisant virevolter le manteau et la chevelure de Léon Blum, dont la lourde statue est plantée dans le square de la place du même nom.

Artus n'a plus mal au dos, mais à la tête.

Pola est aussi sombre que sa chevelure et lit, en mangeant, un article sur Mikhaïl Timofeïevitch Kalachnikov et son œuvre maîtresse, la sublime Avtomat Kalachnikova obrazet 1947, collusion parfaite entre ergonomie et symbolique, et que l'on peut copier facilement, du côté du Baloutchistan, avec un peu de bois et le métal d'une machine à laver cassée.

— T'as remarqué, Adonis Klakos a les mêmes initiales que l'AK 47…

— Ça ne doit pas être un hasard. Ça se trouve, son vrai nom c'est Bernard Schmoldu.

— Ouais. Mais bon, Adonis Klakos, c'est mieux.

— Peut-être.

Ils ne se parlent pas beaucoup, mais pensent la même chose. Cela fait presque deux semaines qu'ils attendent d'être contactés. C'est usant. C'est d'autant plus usant que si c'est une blague, si Raymond s'est foutu d'eux, ils vont vraiment l'avoir verte.

Pendant les deux ou trois jours suivant l'apparition

quasi fatimesque du Camion de Voirie, ils avaient, et c'était normal, tiré des plans sur la comète. Sur la moquette aussi, d'ailleurs. Raymond les avait cueillis juste au moment où ils pensaient avoir épuisé toutes les combinaisons possibles de jobs et d'occupations leur permettant de ne pas s'enfoncer trop dans le travail aliénant. Ils avaient, depuis un bon moment, envie de changer. Un bon truc militant, passablement mystérieux, voire dangereux, arrivait à point nommé pour leur donner des perspectives. Livreur intermittent chez Monoprix, vendeuse de colliers lithuaniens, coursier indépendant sans casque, porteur de journaux de gôche à domicile, pingouin pour sauterie avec buffet, etc. ça allait bien cinq minutes, le temps de s'engueuler grave avec le patron ou son chien de garde, et de quelquefois lui faire une tête au cube.

Heureusement, il y avait la radio, où ils pouvaient se retrouver, comme dans la chambre d'enfant de leur jeunesse, le temps d'un bon vieux rock & roll à fond les potards.

Artus avait aussi, de temps en temps, ses plans de roadie. Une bonne tournée, ça, c'était du voyage, de l'aventure, on découvre Ris-Orangis, Montargis, Le Teil, Saint-Nazaire, Givors, que des bleds au moins aussi passionnants que Memphis ou Oakland. Mais c'était de plus en plus rare, ce genre de survie, et il n'avait été embauché, dans les derniers mois, qu'une fois, du côté de Beauvais, pour une tournée locale des King Size et de Zampano. Bon, l'été approchait, il y aurait un peu partout des raves sauvages, y avait toujours un peu de fric à se faire, mais c'était un peu prise de tête, ce binz, trop sombre et pessimiste, une musique à chier, une ambiance rapidement sectaire, avec tous ces zombies préprogrammés, c'était bien connu que, dans les technivals, il n'y avait que des techniveaux.

Pour Pola, l'été s'approchait de la même façon, et elle ne se voyait pas supporter encore les bourgeois à moitié à poil sur les yachts de la Côte, même si c'était d'un rapport excellent. Il y avait autant de drinks à servir que de trucs à piquer.

Et les autres ne les avaient toujours pas contactés.

Ils s'étaient mis à lire les journaux, tous ceux qu'ils pouvaient trouver, pour tenter de repérer les trucs qui vérifieraient la thèse de Raymond, annonçant que tout allait bientôt méchamment péter. Eux qui, avant, ne les lisaient pas, ces feuilles de choux rouges ou blancs, sachant par conviction que rien, à l'intérieur, ne les concernait vraiment, puisqu'ils avaient déjà fait le choix de la marge signifiante. Ils eurent quand même la conviction latente que, partout, c'était le bordel, l'horreur et la violence. Ils vérifièrent que, pour résumer ces trois mots, celui d'anarchie revenait sans cesse. Ce qui les énerva. Rien n'avait changé, de ce côté-là. Ce vocable maudit, sentant fort le couteau ensanglanté entre les dents, était encore utilisé dans le sens du pire et du non-souhaitable, loin de ses connotations de bonheur, de raison, de paix et de responsabilité sociales.

Mais il leur avait fallu trouver quelque chose pour briser cette attente, bien plus énervante qu'aux urgences, plus traumatisante que chez l'arracheur de dents, plus hystérique qu'une queue chez Picard Surgelés. Ils cherchèrent, dans les boutiques adéquates, des livres ou des textes d'Adonis Klakos. Bredouilles. Le maigre stock disponible était bizarrement parti dans la semaine et l'on attendait une réimpression, leur avait-on dit, mais va savoir quel éditeur pouvait se charger de ça en ces temps de pensée dominante.

Artus et Pola avaient alors éprouvé deux sentiments

contradictoires. Une certaine joie, voire une joie certaine, en se rendant compte qu'ils n'étaient pas seuls sur le coup. Ce n'était donc pas une blague, Raymond avait sans doute dit vrai. Et puis une petite rage, car, eux, ils auraient pu, avec un seul exemplaire, se démerder pour en dupliquer un paquet, ils savaient où trouver une grosse photocopieuse libre la nuit, et il y avait des petits imprimeurs de quartier qui leur devaient quelques services.

Ils avaient aussi, en douce, tenté, auprès des libraires militants, de retrouver Raymond, d'avoir une adresse ou un lieu de contact. Mais rien, là encore, mystère sur la planète. Le Camion de Voirie avait l'air de s'être évanoui dans la nature.

Alors les jours coulaient comme avant, un savant mélange de miel mou et de tabasco en fusion. Avec les soirs, les nuits et les petits matins chez les partenaires du moment. Artus et Pola ne dormaient plus ensemble parce que c'était trop compliqué, deux places à trouver chaque nuit. Ça faisait trois mois qu'ils avaient déserté le studio poutres apparentes, près du Carreau du Temple, qu'un alternatif américain à moustache leur avait laissé pour deux semaines, le temps de revenir aux States et pomper à sec la famille. Cela avait duré deux ans. Un mystère de plus. Ils n'avaient jamais reçu aucune facture, ni EDF, ni rien. Tout devait être envoyé à Atlanta. Alors ils ont attendu sans angoisse le jour où le dément méthédriné jusqu'à l'os reviendrait, et il faudrait retrouver un point de chute. L'amerlo impavide avait réapparu un matin, l'air d'avoir vieilli de dix ans, n'avait fait aucune réflexion, n'avait rien demandé ni exigé en retour, ce type avait simplement l'air d'avoir plein d'usines calcinées à l'intérieur de sa tête.

Depuis, Artus vivait chez No, qui faisait serveuse

dans un rade növo-cubain du faubourg Saint-Antoine, un truc rempli de bourges et de fils de bourges et de petits fils de bourges qui commandaient des capirinha pourries et lui laissaient des pourliches d'enfer. Les billets de vingt euros s'entassaient tous les soirs dans le soutif de la jolie et blonde finnoise. En plus du salaire, elle se faisait donc des mois d'enfer, payait le loyer et le reste, et, fille typique de prolo, en mettait de côté, genre matelas compressé. En contrepartie, Artus se démerdait pour la bouffe.

Leur collusion s'arrêtait là. Il y avait bien eu quelques nuits d'amour, mais ce n'avait été qu'un frottage de peau. Après son taf, No rentrait trop crevée, et la fatigue tuait le désir.

Pola, elle, zonait vers la rue Keller et s'était intégrée aux différents gangs de lesbiennes mettant le quartier en coupe sombre. Là, disait-elle, tranquille mimile, à l'aise Blaise, les filles, ça craint moins que les mecs. Sa connaissance du baston rapproché lui assurait une certaine aura si ce n'était une aura certaine.

Mais, chacun de leur côté, ils en avaient assez de passer entre les mailles du filet et le soir, usés, ils se demandaient souvent comment ils feraient quand l'âge, la maladie ou une autre merde humaine les rattraperaient. Alors, comme les purs ados qu'ils étaient encore, ils affirmaient gravement que, un, ils ne seraient jamais vieux, du moins dans leur tête, deux, qu'ils se flingueraient avant, ou trois, qu'ils seraient flingués avant. Ce genre de considérations leur permettant de ne surtout pas envisager de faire des concessions.

C'est pour tout cela qu'ils en avaient marre d'attendre.

Quand ils sortirent du petit resto, au moment où ils s'apprêtaient à traverser la place pour aller, bras ballants, ils ne savaient pas encore où, un gros insecte gris se posa près d'eux. Une Volvo. La vitre électrique se baissa en couinant. Un type, bonnet de laine sur la tête, leur tendit une enveloppe.

— De la part de Raymond... Démerdez-vous pour être à cette adresse dans quarante-huit heures. Effacez vos traces. Partout. N'en parlez à absolument personne.

— Au revoir, camarades autogérés ! brailla un autre type au volant.

Et la Suédoise ventrue redémarra, enquillant l'Avenue de la République avec ferveur.

Soudain fébriles, Artus et Pola ouvrirent l'enveloppe. À l'intérieur, un morceau de carte IGN. Dessus, un village entouré d'un gros trait noir et une phrase écrite en lettres bâton : Demander La Fortanière.

— C'est où, ce bled ?

— En Normandie. Haute-Normandie. Regarde, là : Dieppe, 25 kilomètres.

Ils regardèrent le ciel, qui était bleu.

— T'as peur ?

— Non.

— Moi non plus. T'es content ?

— Ouais.

— Alors, c'est parti mon kiki. Et ils s'embrassèrent à pleines lèvres.

8 / REWARD (vitesse lente)
10 Septembre, 20 h 15, Alpes-Maritimes (06) entre Nice et Saint-Martin

La « Maison Brune » avait fait fort. Très fort. Mais le genre de connerie qu'un stratège araisonnable comme Adonis Klakos stigmatisait sans cesse. Ne jamais croire qu'une proie facile annonce une victoire assurée.

Les spadassins maudits, après leur forfait, avaient traversé la France en diagonale pour revenir au bercail et se calfeutrer dans le petit village fortifié de Socques. Une trentaine de maisons perchées sur un éperon. Un gros nœud de pythons simili-royaux accrochés à un piton. Avec, au milieu, la « Maison Brune », l'ancienne mairie, une grosse baraque ocre en pierre de taille, fortifiée du sol au plafond depuis l'arrivée des bruns dans la PACA.

Ils avaient donc fait très fort. Et même si certains, ailleurs, s'étaient réjouis de la destruction aussi brutale qu'imprévue de la « Maison Blanche », personne n'avait osé publiquement annoncer, voire avouer, le redouté passage de la politique à la guérilla. Pour l'instant, officiellement, ça passait pour un dégât collatéral. Cela dit, en loucedé, dans les antichambres, les cabinets et autres couloirs décisionnaires, ça s'agitait. Et rapide. Les pouvoirs en place se demandèrent comment punir les fauteurs de trouble et de mort, et si possible, de la même façon, ça leur apprendrait. En secret, l'idée de possible et définitive éradication des extrêmes germa dans des cercles pas totalement officiels même si. La « Maison Bleue », pour protéger ses arrières, prit contact avec la « Maison Rose », laissant les cris d'orfraie et les menaces à peine voilées aux autres copros. Le moment était venu pour des rapprochements tentant de préserver le gâteau. La Police et les « Services » s'arrangèrent même pour calmer les désirs de vengeance immédiate des petites « Maisons » les noiraudes, comme elles étaient nommées en se pinçant le nez, la Noire et Rouge, bien sûr, et la Noire, bien évidemment, en enfermant quelques militants et en les avertissant de l'interdiction totale d'allumer des contre-feux, sous peine de...

Après, la direction des opérations échappa au vulgum pecus. Mais le théâtre des opérations, lui...

Le 22 Septembre, le petit nid d'aigle de Socques fut cerné par un fin cordon de figures sombres. Passe-montagne et cagoule étaient de mise et des armes sophistiquées luisaient dans cette fin d'après-midi déjà dramatique. Les assiégés, à peine surpris, rigolèrent. Pour les déloger, il faudrait une armée autrement puissante et déterminée. Ils avaient des munitions pour de longs mois et des vivres pour soutenir un siège immémorial. Même Jeanne d'Arc s'y serait cassé les dents de devant. Une sorte d'esprit crypto-cathare les animait, même si Socques ne deviendrait jamais un moderne Montségur, ça, ils en étaient convaincus. Si les assaillants anonymes attaquaient, les bruns ultimes se défendraient suffisamment longtemps pour que l'événement soit en prise directe avec la France entière, voire l'Europe et même plus. Alors, ça serait un beau foutoir. Les sympathisants afflueraient, les opposants s'y opposeraient et le but final, la guerre générale et civile, serait atteint.

Mais, dans leurs petites têtes de lézard fumé, ils avaient oublié ce qu'Adonis Klakos nomme la figure de « l'enclume et de la méduse ».

Vers 21 heures, trois canadairs larguèrent des centaines de milliers de litres d'essence sur le joli petit village. Et il fut suffisant, pour un des assaillants les plus proches des premières maisons, de balancer une fusée éclairante.

Pour éclairer les alentours, ça éclaira ferme.

Les quelques bruns qui parvinrent à s'échapper de l'immense méchoui furent cueillis à froid par les ninjas du dehors. En deux heures à peine, la « Maison Brune » disparut corps et biens dans le brasier, comme une sorcière dans les flammes de l'Inquisition. L'incendie mit trois jours à s'éteindre, grâce à l'intervention d'autres canadairs, ceux-là plus proches de leur fonction naturelle et adoucissante.

Les natifs du coin, eux, regrettèrent ces années bénies où ils accueillaient cyniquement des fondations d'art moderne, des foyers logements ou des rockers anglais.

Germain K. / 26 ans / Famille d'émigrés polonais / CAP de comptabilité / Sans emploi régulier au moment des faits / garde du corps personnel de Bruno D., directeur des Études Modernes Païennes / Connu des Services de Police depuis l'attentat contre la synagogue de Douai /Arrêté trois fois pour reconstitution de groupe dissous / Condamné deux fois à des travaux d'intérêt général / Célibataire / Brûlé vif à 21 h 16 sur le site de Socques / corps reconnu grâce à une gourmette.

Suggestion d'épitaphe : débile profond.

Lionel F. / 30 ans / Sous-Lieutenant de la Gendarmerie / membre du GOS, Groupe d'Opérations Spéciales depuis trois ans / Marié, un enfant / Tué par accident, en opération, par l'écroulement de la façade médiévale de l'ancienne mairie de Socques.

Suggestion d'épitaphe : rien sous le casque

9 / PLAY
5 Octobre, 8 h 22 (Premier jour de l'Année 1 dite ZO d'AXA-), Gironde (33), entre Margaux et Castelnau de Médoc

Artus avait été séparé de Pola depuis cinq heures du matin. Volontaire pour faire partie de l'avant-garde dynamisante, c'est-à-dire celle qui devait dynamiter le petit pont routier séparant la « Maison Bleue » de la Nationale, il faisait équipe avec la puissante Marion, une bonne centaine de kilos élastiques, la reine des baffes qui retournent la tête, une fille incroyablement généreuse et qui connaissait sur le bout des doigts des pages entières d'Ernest Cœurderoy, qu'elle considérait comme l'un des plus grands poètes de l'Ancien Temps. Avec eux, il y avait aussi Platé, le spécialiste du cordon Bickford, dit Le Mythe Décisif.

Tapis dans un fossé puant depuis trois quarts d'heure, attendant un signal, ils avaient décidé de faire un *Blank Point*, en demandant à l'artificier d'où lui venait ce surnom.

Platé, conteur impatient mais griot patient, ne se fit pas prier :

— Ceci est mon histoire. Ça date du passage à l'an 2000. Tout simplement. J'étais content, la pavasse faisait bien dans les quinze kilos, une sorte de parpaing en béton grumeleux, avec deux trous comme des gros yeux de morse. Il faisait nuit, il était minuit moins le quart, le siècle moins quinze minutes, dans à peu près neuf cents secondes, on allait tomber dans le troisième millénaire, et il fallait vraiment que le monde se magne le train pour être digne des deux premiers. La pavasse, je l'avais installée sur le bord du toit, et juste derrière elle, il y avait l'obscurité du vide, trente étages à peu près et une rue commerçante, avec tous les pékins qui se grouillaient le chinois pour acheter le putain de foie gras, comme pour se persuader que le monde était riche, gras et emplumé, fondant, alors que le monde il était pourri, sec, maigre, malade, sot, terne.

Marion leva la main, elle voulait continuer.

— Tous ceux qui stationnaient depuis une bonne heure sur le trottoir et qui regardaient le ciel, étaient persuadés qu'il allait se passer quelque chose parce que c'était le moment où il pouvait se passer quelque chose, eux n'avaient rien fait, rien voulu faire, rien pu faire, et qu'il n'y avait que le ciel qui pouvait faire quelque chose, et le ciel c'était une vacherie d'identité qui était à la base de tout et qui donc était à la base de toute cette merde, qui durait depuis deux mille ans

Artus les écoutait. La voix du conteur était chaude et grave. Un vrai grand-père racontant une histoire pour endormir les petits gnenfants. Sauf que là, ce n'était pas du Babar, c'était pour les maintenir éveillés. Au vrai sens du terme. Celle de Marion, en revanche, était étonnement frêle pour une si grande carcasse.

Le Mythe Décisif reprit son récit.

— Alors, j'ai pensé qu'ils allaient vraiment voir ce qui descendrait du ciel, et ça ne serait pas un burlesque en robe de chambre transparente et barbe fleurie, ça ne serait pas un ovni, ça serait un simple rappel d'un passé proche, une pavasse, une de ces pavasses en béton qui, empilées, font les barres, les cités, les usines nucléaires, les prisons, les ministères, les instituts technologiques, les commissariats, les casernes, les bureaux d'ANPE et les ponts d'autoroute sous lesquels s'éteignent doucement une multitude d'habitants du vingtième siècle.

— Moi, ce soir-là, le coupa noblement Artus, j'avais bien une dizaine d'invitations, des fêtes grotesques où des zombis envisageaient de se mélanger à fond, certains qu'il fallait commencer l'Ere à l'intérieur de l'autre, croyant, qu'après, tout serait plaisir et jouissance, calme et volupté. Alors que leurs couettes resteraient des linceuls. Ces soirées ne seraient même pas mondaines, celles où de vieux amis allaient encore refaire, la bouche pleine de quartiers de pizzas tièdes, ce monde qu'ils n'avaient pas réussi à changer. Peut-être que les douze coups de minuit les empêcheraient de s'engueuler à mort une nouvelle fois sur le vrai sens du réel et qu'ils passeraient le douzième coup non pas en s'embrassant mais en levant le poing chantant encore une fois une internationalerie quelconque...

Il reprit son souffle, fatale erreur à ce jeu, et Marion, radieuse, s'engouffra dans le paradigme.

— Moi, j'avais été invitée par mon ex-copain, ça faisait plus de dix ans qu'on ne s'était pas vus, et qu'est-ce qu'il pouvait espérer, cet inconséquent, sinon refaire les mêmes erreurs, reparler de son égoïsme, assumer son malheur ? Des potes m'avaient aussi conviée à une soirée banale, où chacun, fondu au *Prozac*, ne ferait absolument rien, regardant la télé éteinte et buvant de l'eau plate pour vivre un non-passage, faire une non-fête, mais à plusieurs, pour assener à tous ceux qui ne le savaient pas encore que c'était absolument un jour comme les autres. On m'avait aussi donné rendez-vous à une sorte de carnaval des fous, où tout serait permis, inversé, mais qu'est-ce qu'il y avait à inverser, les rôles, les paniques, les manques, les fautes ?

Artus s'est alors interposé, à voix basse, l'heure était au ressassement.

— Moi, je me souviens qu'il y avait aussi la manif de ceux qui pensaient que le vrai passage, ça serait l'année d'après. Ces pisse-froid, ils ne profitaient même pas de l'occasion de faire deux fêtes à tout casser à un an d'intervalle, en plus, ils refusaient qu'il y ait une année zéro, alors que ce n'était pas l'année qui risquait d'être nulle, mais le siècle...

— Exact, reprit Platé Le Mythe Décisif, de pauvres idées pour de pauvres gens, et pour une pauvre époque. J'ai monté la pavasse par l'ascenseur, et puis ensuite par le petit escalier de service menant au firmament, et je n'ai vu personne. Comme si tout le monde était en bas, à ras de terre. J'ai traversé le toit recouvert de gravier glacé. J'ai posé ma pavasse sur le rebord de ciment, j'ai un long moment observé la fourmilière luminescente, soixante mètres plus bas, et puis je me suis allongé, il faisait froid. Le ciel, bleu de Prusse, était dégagé de ses responsabilités et les étoiles, c'était comme les bougies d'anniversaire de l'univers, incalculables. Mais ça caillait sacrément, comme si le monde était en froid avec lui-même, comme si tout était gelé, la relation des êtres entre eux, le rapport entre la planète et ses habitants, comme si les âmes étaient devenues glaciales, et c'est vrai que les âmes, si on mettait les mains dessus, on aurait des onglées, on se gèlerait les miches, les esprits étaient depuis un long moment au congélo. Et même le Grand Micro-Ondes, dans son immense bonté chauffante, n'en a plus rien à foutre, il ne dégèle plus rien, c'est la glaciation, une autre de plus, la glaciation de l'intelligence, parce que même les idées simples et évidentes avaient disparu.

Platé fouilla sa grosse veste de toile et en sortit un livre, le livre, celui d'Adonis Klakos, que tous les membres de la troupe sombre avaient au moins lu une fois. Il le feuilleta rapidement et le tendit à Marion.

— Tiens, lis ça, c'est souligné. Mes yeux fatiguent...

Marion orienta les pages vers le levant.

— « Il ne reste que des virtualités oppressantes que soutient toujours le même discours : c'est impossible, ce n'est pas aussi simple, d'ailleurs les chiffres le prouvent. La voilà, l'entrée dans l'Âge Nouveau. Et avec le froid, celui de la trouille, le grand glagla, que va-t-il se passer ? On a les jetons, le millénarisme a bon dos, l'apocalypse c'est pour tout à l'heure, le Jugement Dernier avec les anges, le yatagan à la main, qui nous envoient regarder les tableaux de Jérôme Bosch d'un peu plus près, priez pauvres pêcheurs, vous allez payer toutes vos saloperies, vos bassesses, vos courtes vues, vos courtes vies, et juste pour ça, ils ont raison, tous ces sectateurs du Bordel à Heure Fixe, mais pas dans le sens où ils le croient, mais c'est vrai qu'on va le payer, et d'ailleurs ça a déjà commencé depuis longtemps et on paye parce que personne ne veut plus se rendre compte que ce n'est plus possible, que c'est dément, que c'est un défi total aux simples lois de l'équilibre, et que le monde penche déjà et penche de plus en plus, c'est une loi de la physique, quand ça penche, ça tombe et plus ça penche, plus il faut de forces pour retenir, pour remonter, tellement de forces que ça en devient improbable, voire impossible, et donc tout le monde s'en fout, se suicide à feu doux, les uns suicident les autres avant d'y passer eux-mêmes, c'est toujours ça de pris. La Fin... »

— C'est ça, c'est exactement ça, admit Artus. On vient de le vivre.

Platé le Mythe Décisif rangea LE livre et reprit une profonde inspiration.

— Je finis. Laissez-moi une seconde.

Il regarda le ciel, se concentra.

— Il ne restait plus que cinq minutes, ce soir-là, ce fameux soir... En bas, dans l'avenue, ça commençait à hurler, à crier. Les klaxons se déchaînaient dans toute la ville, la sono à deux temps, le passage au Troisième

Millénaire considéré comme le doigt coincé sur un avertisseur. Mais ces avertisseurs n'étaient pas des avertissements, ce n'étaient que les cris stridents d'une bête dont le cortex était laminé et dont les neurones ne se parlaient plus depuis longtemps. J'entendais aussi des coups de feu, la nuit allait être chaude, en plein hiver ça compensait, ça ferait une moyenne, c'étaient peut-être des gens qui déchargeaient en l'air leurs semences de plomb, ou alors des tireurs d'élite qui croyaient pouvoir atteindre, un vrai coup de bol, l'Éternel. Toutes ces sirènes de pompiers, ou de flics, ou d'ambulances... Peut-être des gens allaient statistiquement mourir à 00 heure juste, et puis d'autres naître, j'étais même sûr que des couples avaient tenté de calculer leur coup, s'y mettant, hardi petit, neuf mois à l'avance, parce que ça serait d'un bon augure que le gniard naisse en même temps que le siècle, le millénaire, tu parles d'une chance, deux secondes après, il serait dans la même merde, celle du vivant. J'ai posé mes deux pieds bien à plat sur le parpaing, je me suis dit : à minuit juste je pousse, la pavasse se cogne les trente étages à la vitesse d'une fusée et tombe sur la foule, et puis je redescends, calme et tremblant à la fois, et je constate les dégâts, peut-être rien, ou un toit de bagnole enfoncé, peut-être un humain aplati, avec la cervelle sur le trottoir, peut-être même plusieurs, qui sait ? Le siècle sait. Le Millénaire sait. Le Grand Con qui Sait Tout devrait le savoir aussi. Le Destin le sait. Le Hasard sait. Tout le monde le savait sauf moi. C'est pourquoi il était temps que je le sache. J'avais mon importance, j'avais mon poids. Ma carcasse allongée sur la terrasse réchauffait imperceptiblement la croûte terrestre. Le creux que faisait ma tête sur le gravier modifiait le profil de la planète. Si j'allongeais mes bras en croix, j'étais comme Atlas, j'avais l'impression de soutenir le globe.

Atlas. À deux lettres près, c'est mon nom, pensa Artus, qui aurait aimé avoir la belle emphase du Platé. Ne pas choisir ses mots, y aller comme ça, au débotté, comme un poète improvisant ses chants de bataille. C'est vrai que, dans l'enseignement, le Blank Point était une pierre de touche. Il se laissa bercer par les douces paroles du conteur.

— Plus bas, c'était le pandémonium. Une fête, une vraie fête. La fête à la pavasse magique, le divin parpaing, c'était comme du Tex Avery quand les pianos et les locomotives tombent du ciel. Les sirènes de la Ville. Un cri énorme, celui des humains. Minuit crétins. Alors, j'ai poussé. La preuve bétonnée que j'existais a basculé de l'autre côté.

— *Blank Point* ! cria soudain Artus. La fin du mythe de Sysiphe ! Ton surnom... Ça vient de là?

— Ouais.

— Et... En bas ? demanda Marion, d'une petite voix de souris.

— En bas, il y a eu deux morts. Dont le député maire du coin. Le père d'un des salauds qui est là, maintenant, en face, dans cette vacherie de « Maison Bleue »... Le monde est petit, putain.

10 / PAUSE / Adonis Klakos (extrait)

« Dès que nous le pourrons, nous changerons, par décrets, les noms de villes qui témoignent depuis des temps très anciens de l'immobilisme général. Nous déplacerons la ville de Tonnerre à Brest (qui, elle-même, se nommera Litovsk), Falaise à Paimpol et la ville de Loches sera délocalisée dans l'île de Sein. Ceux qui habitent Bourges iront à Calais pour enfin devenir bourgeois en toute impunité. Pour ne pas désespérer le lambda, nous donnerons des bons points : Sète pourra s'appeler Huit et Troyes, Quatre. Caen pourra enfin se nommer Comment, pour changer un peu et Bordeaux, Avallon. Nous débaptiserons Castres, La Châtre et Condom, pour ne plus tuer le désir. Quimperlé pourra enfin devenir Quimperbeau. And Nice will become Ugly sur Paillon... Il est urgent que la toponymie soit moins figée que les esprits qui la couvent... »

11 / REWARD (vitesse lente) Hexagone, les 12 et 13 Septembre

Personne ne fut vraiment dupe. On sut reconnaître, dans l'élimination fulgurante de la « Maison Brune », la patte de velours acide de l'État, de la Raison d'État. Mais le jeu en valait la chandelle. Peu de monde se plaignit vraiment de l'éradication des blancs et des bruns. Ce n'étaient que plaintes hypocrites sur la disparition de la démocratie et remontrances morales à la graisse d'oie sur la violence en progression constante.

La France se mit les mains devant les yeux tout en continuant de tenter de regarder à travers les doigts. Cela dit, les copros se mettaient à avoir les miches vraiment à zéro. Si ça commençait à tirer comme ça de tous côtés et dans les coins sans que ça ne gêne trop personne, il y avait réellement de quoi se faire du mouron. Pour les petits oiseaux. Pour les « Maisons » qui ressemblaient encore à des pavillons de banlieue. Elles prirent alors, par pure précaution, certaines dispositions. Mais, dans une flagrante et dramatique méconnaissance de la stratégie et, surtout, de l'astratégie, dans leur recours constant à la Raison et leur ignorance crasse de l'Araison, elles hésitèrent entre le cocon pour un temps rassurant du repli en forteresse inexpugnable et l'action, pour un moment considérée comme probablement salvatrice. Dans certains esprits aux abois, le canardage tous azimuts et préventif devint une donnée envisageable de la survie.

Sinon, pour un mec qui lit *Les Inrocks*, écoute *Skyrock* et regarde Ruquier, tout va bien.

12 / REWARD (vitesse lente)
3 Octobre, 10 heures, Lozère (48) nationale 88 entre Langogne et Chateaubriand-Randon

La Synergie Urubu-Spinoziste avançait calmement, car il n'est pas besoin de se presser quand on va, dans les deux jours, changer le monde. Devant, Kiko, hurlant des imprécations aussi curieusement huilées que les rouages de sa *Gold Wing* maquillée funéraire, et Vince, taiseux, impérial, puisqu'il pilotait un *Guzzi* sur lequel était accrochée, arapède flamboyant, Virge, la femme-cuir, dont la chevelure rouge sang était comme une explosion permanente. Derrière, les trois bagnoles, vitres ouvertes sur la vie du petit matin.

Leurs antennes, il y a deux jours, avaient vibré d'informations codées. Artus, une vieille connaissance de la capitale, leur avait passé le mot, les avait prévenus de l'urgence d'un rendez-vous et d'une action. Le temps était venu de se faire l'ennemi, de rendre les mille coups reçus sans trop broncher, de relever le crâne et de se payer sur la bête. Le temps était venu de mettre en pratique la stratégie araisonnable.

— C'est quoi, ça ? avait dit Serguei.

— Adonis Klakos.

— C'est qui, ça ? avait réitéré le même Serguei, pour qui, pourtant rien de Zo d'Axa, Blanqui, Pouget ou Durruti n'était étranger.

Artus lui avait répondu justement que Klakos était un subtil mélange de Durruti, Pouget, Blanqui et Zo d'Axa.

Et avait précisé que si la Synergie ne faisait pas vraiment encore partie du Comité Makhno, si elle n'avait plus le temps de fournir les preuves de son potentiel attachement, elle pouvait, elle devait, se joindre au mouvement, en son nom pur et propre, ça suffisait amplement, il s'en portait garant.

La Synergie n'avait pas hésité un instant. On avait rameuté ses fidèles, on n'avait jeté aucun anathème sur ceux qui hésitaient, ce n'était pas leur genre. On avait simplement, un verre à la main, gueulé : c'est parti !

Il y avait donc Kiko, Vince et Virge, les motocyclistes, pour qui il est impossible de se déplacer sans sentir le vent libertaire réchauffer les muscles de la tête. Il y avait Kyndy et Véro la Colonelle, les mystérieux agents de la rue Vernoux, Serguei et La Naine, l'essence synergique, le Coq et Yoyo, les spadassins de la nuit, Le Renard, Cathie et David le Boxeur, la cheville productrice. Sans oublier Patraque, qui, avec ses petites lunettes carrées, pouvait passer comme l'homme de loi, le financier, l'espion total, le gérant fou.

Il ne suffisait pas d'avoir de l'intuition pour se persuader que cette bande en vadrouille était dangereuse. Ce n'était pas un groupe, une équipe, une société, c'était, nuance, une synergie. Il suffisait de les regarder, et de sentir, chez eux, le poison qui courait dans leurs nerfs.

Ils roulaient tranquillement, Lozère de rien, sur une petite nationale tortueuse et jaunie, entre Langogne et Chateauneuf-de-Randon, quand ils tombèrent, après une large courbe protégée par des châtaigniers immémoriaux, sur un groupe de voitures boueuses, garées à la queue le leu sur la droite de la route, et qui puait le lisier mental à plein nez.

Serguei fit signe d'arrêter le convoi. Tout le monde descendit pour se délasser les guibolles, ouvrir un cubi et étancher la soif des grands jours. Ils inspectèrent les caisses banalisées, abandonnées en pleine campagne et, à quelques détails, une casquette de G.I. oubliée sur un siège, une boîte de cartouches vide, des bottes de caoutchouc, ils surent que c'étaient des chasseurs en battue quelque part dans les parages.

— Le sanglier, dit Patraque, qui n'avait pas les yeux dans les poches qui sont en dessous.

— Avec ou sanglier, les chasseurs ne méritent pas de l'emporter au paradis, hurla Virge.

Ils burent encore un peu de Saint-Joseph, et mirent le feu aux bagnoles.

Au moment de repartir, Kiko décida de rester un peu.

Des mecs qui tirent sur des oiseaux, putain, ça ne mérite pas de faire partie de la grande et signifiante chaîne de la vie.

On le laissa vivre ses désirs.

Ne jamais tenter d'enlever son os à Kiko.

On redémarra à petite vitesse.

Il aurait, sur sa meule, tout le temps de revenir.

Il n'attendit pas longtemps. Un type, tout habillé en kaki, camouflage et tout le bordel, déboula d'un fourré en sautant sur la route. Ébahi, il regarda les voitures en train de cramer, puis inspecta les environs et aperçut l'énorme moto, béquillée en plein asphalte. Le chasseur claqua son fusil et s'avança, en roulant des mécaniques rouillées, vers la moto, comme un Massaï pensant débusquer un dinosaure. Il détailla de près toutes les réparations sauvages imposées à l'engin, et, comme frappé par la révélation, se retourna tout d'un coup. Sur fond de flammes et de tôles carbonisées, se tenait un type, tout en cuir noir, les cheveux longs, visage d'Apache, un fusil de guerre à la main. Kaki contre Kiko. Et ce dernier, lentement, leva la main et fit au flingueur de merle un curieux signe qui ressemblait à un au revoir.

Jean-Pierre M. / 34 ans / garagiste à Auroux (Lozère) / pompier volontaire / responsable du club local « L'Aligot Joyeux » / marié sans enfant / tué par balles sur la Nationale 88 au lieu-dit « Le Grand Dugrand ».

Suggestion d'épitaphe : gros con de chasseur.

13 / REWARD (vitesse rapide) 30 Mai 18 h 48, Seine Maritime (76), entre Neuchâtel en Bray et Dieppe

Ça, c'est de la bagnole, elle ronronne comme le gros chat paresseux du voisin, le genre à faire le *nionio* mais à se transformer en fauve à la première occase, le père, la diesel turbo, il l'a achetée avec son tempérament, quand il va voir que je lui ai piquée, ce matin, il va fumer des coups de ceinture à distance, je m'en fous, aujourd'hui, c'est mon anniversaire et ça fait un paquet d'années que, pour mes anniversaires, eh bien, je ne compte que sur bibi.

Gratos, aujourd'hui, tout gratos, même l'autoroute, gratossossi, il y a grève sur l'A13, bravo la grève, plus personne t'emmerde avec des barrières à la con, des tickets à la noix et des cartes bancaires de mes genoux, c'est rare, faut de temps en temps en profiter, après Rouen, je foncerai vers la mer, en glissant la caisse le long des petites routes, rien que des tournants où les pneus crissent, pour avoir le plaisir de tourner le volant, direction assistée, et la mer, me tremper dans l'eau chaude, c'est un cadeau comme les autres, même si les potes m'ont dit que la mer, là, elle est plutôt froide, après, je verrai, y aura plein de trucs à régler, va savoir, peut-être que je m'excuserai, surtout auprès du dab pour sa Mercedes, sa grosse copine espagnole. Et ma mère, que j'ai failli faire tomber quand j'ai débranché le magnéto DVD, et elle s'est cognée sur l'horrible table basse, celle en verre fumé marron, et elle a réalisé que j'allais la revendre, la merde numérique, elle n'a pas eu tort, dans le quartier, tout se monnaye en dix minutes, surtout le matos récent.

Quand j'ai démarré, la mère a ouvert les volets de bois, s'est penchée sur le tancarville, et m'a tendu les bras, comme si elle voulait me retenir, elle n'a réussi qu'à faire tomber son gros pot de véroniques, des fleurs de cimetière, un signe, j'ai encore l'image dans la tête et, du coup, je ne sais pas si je reviendrai, sont trop vieux, les vieux. Au coin de la cité, j'ai récupéré trois cents euros pour le DVD, c'est toujours ça.

Deux kilomètres après, je me suis fait le *Shopi*, à cette heure-là, il n'y a que Fred sur place, Fred, avec, lui aussi, sa patte folle, qui court moins vite qu'un sac de sable, je lui ai fait sa caisse, je sais très bien qu'il y a le pognon du Lundi soir et que le *Crédit Agricole* n'ouvre qu'à neuf heures et demie, deux mille quatre cents euros, je vais pouvoir tenir un petit moment, avec, en plus, une boutanche de *Wild Turkey*, je ne sais pas ce que c'est, mais ça rape à fond, à la première gorgée, t'as l'impression d'être au gazole, mais bon, y a bien des gugusses qui en boivent, puisque ça se vend, très cher en plus.

Après, on verra. Les vieux, ils me pardonneront toujours, ils seront bien obligés, surtout de loin. Les autres, et bien, ils n'auront qu'à venir me chercher en Argentine, par exemple, et, bon courage, je cours vite, même si je ne nage pas trop, adieu société pourrie, n'importe comment, avant que tout le monde quitte son écran d'ordinateur pour me cavaler après, ça me laisse de l'avance, surtout avec cette bagnole sublime, avant que tout le monde pèse le pour ou le contre, je serai déjà chez les Eskimos, avant que tous ces cons se décident à sortir de leur pieu, je mangerai des papayes.

Ça y est, enfin, et le jour de mon anniversaire, en plus. J'ai attendu longtemps, trop, c'est mon jour, c'est à moi, trois milliards de connards sur la terre, mais c'est mon jour, mon jour, j'aurai pu emmener Lulu, mais c'est la dernière semaine de son feuilleton à la télé, cette conne veut vraiment savoir si Duchmoll va enfin rouler une pelle à Zézette, je rêve, la vie rêvée, pour elle, c'est dans un canapé à regarder la fausse belle vie de gugusses qui n'existent même pas, tant pis, elle est suffisamment grande pour choisir.

La campagne est belle, la Normandie, le trou du cul du monde qui sent le camembert, dit mon père qui refuse d'emmener sa bagnole hors de Paris et surtout en plein milieu de cette bouse, de peur de la salir, sa caisse, moi, je vais la maculer à mort, sa tire, je vais l'épuiser, et quand le bateau quittera le port, et bien, je la regarderai toute seule sur le quai, et je lui dirai, au revoir Mercedes, *hasta la vista* ! Paella et gaspacho ! Et merci, c'est mon anniversaire, putain, j'ai quatorze ans et je vous emmerde.

14 / REWARD (vitesse lente)
16 Septembre au soir, Montreuil (93)

Le 16 Septembre, la bonne commune de Montreuil vécut des événements mémorables. Une centaine de gros bras de la « Maison Rouge », venus d'Ivry, attaquèrent la « Maison Vraiment Rouge », aux cris de : Mort aux Hitléro-Trotskistes ! ce qui en dit long sur la ténacité des rancœurs intemporelles. Il est vrai que, pour les combattants des deux parties, il y avait une « Maison Rouge » de trop. Les uns pensaient que l'une était d'un vermillon trop délavé par les errements de la compromission, les autres trouvaient que le rubis de la seconde tendait vers le carmin du gauchisme aventurier. Résultat : le rouge vainqueur de cette confrontation fratricide fut celui du sang. Il ne resta sur le carreau qu'une « Maison » salement amputée, que des esprits chagrins appelèrent illico le « Cabanon Rouge », celui des attaquants, durablement affaibli par la violence de cette lutte presque finale, mais ébahi d'avoir enfin gagné et vaincu, ce qui ne lui était pas arrivé depuis longtemps.

Les banlieusards ne s'en mêlèrent pas, à part quelques inconscients venus des cités pour voir s'il n'y avait rien à récupérer sur le champ de bataille. Mais ils ne s'approchèrent pas trop, restant à quelques encablures du baston et trouvant, de visu, que c'était, pour leurs maigres bras, trop de chez trop.

Marcel P. / 54 ans /enfance à Vitry (94) / CAP de soudeur-rétameur / salarié de la DKF depuis une trentaine d'années / Délégué syndical / responsable départemental de la « Maison Rouge » depuis quinze ans / Veuf, trois enfants / tué par balles à la Croix-de-Chavaux le 16 Septembre à 18 h 15.

Suggestion d'épitaphe : idiot monolithique.

François B. / 28 ans / enfance parisienne, parents à l'Éducation Nationale / Études d'Histoire / rédacteur au journal *En Luttes* / Fiché comme agitateur gauchiste depuis dix ans / membre fondateur des COL / membre du bureau politique de l'orga / célibataire / tué par défenestration le 16 Septembre à 18 h 12.

Suggestion d'épitaphe : dinosaure aveugle.

La quarantaine de survivants de la « Maison Rouge » traversa la Seine, en beuglant victoire et pansant ses plaies, pour rejoindre ses terres valdemarnaises et sa base installée dans le Fort datant d'une guerre aussi ancienne que, d'ailleurs, perdue. Ce que ne savait pas cette petite armada rendue inconsciente par la fierté imbécile d'avoir soi-disant dégagé le terrain, c'est qu'une cinquantaine de soudards de la « Maison Noire et Rouge » les attendaient bien tapis au-dessus des fossés. Dès que ces derniers avaient appris que la bataille avait commencé à Montreuil, ils s'étaient pointés au Fort d'Ivry, s'étaient facilement rendus maîtres de lieux mal défendus par une dizaine de militants laissés là pour cause de grand âge, s'étaient éparpillés, armés de fusils d'assaut, sur les flancs à peine pentus des remparts, pour attendre un retour possible des costauds de la « Maison Rouge ». Une simpliste analyse stratégique leur soufflait que c'étaient toujours ceux qui attaquent par surprise qui avaient le plus de chance de gagner la bataille. Et pour les vainqueurs, ceux qui arrivaient en chantant au foyer, la surprise, eh bien, elle fut de taille. De taille et d'estoc, comme on disait autrefois. Dans le soir qui tombait déjà, ce fut une belle, rapide et tonitruante séance de tir aux pigeons.

Alain W. / 17 ans / Lycéen à Montrouge / famille de fonctionnaires / membre des Jeunesses Rouges / tué par balle le 16 Septembre à 20 h 41 au Fort d'Ivry /

Suggestion d'épitaphe : imbécile manipulé.

15 / PAUSE / Adonis Klakos (extrait)

« Les Papous, en voyant débarquer les Blancs, se sont demandé si c'étaient des Dieux ou si c'étaient d'autres Papous. Quand ils se sont aperçus que le caca des Blancs sentait aussi mauvais que le leur, ils ont immédiatement accordé la nationalité papoue à ceux qui venaient les coloniser. Nous demandons à toutes les administrations de faire de même et d'ordonner des contrôles de ce fumet rien de moins qu'humain. Dans mille ans, entre l'étron et le passeport, qui restera ?

La pensée autonome n'existe plus, remplacée par ce mentor aux multiples têtes qu'est le guide : guides pour aller bouffer, boire, dormir et surtout acheter, guides pour prendre le bus, le train, le métro, guides pour se soigner, guides pour réfléchir, citer, philosopher, guides pour (c'est un ordre) visiter ce qu'il faut visiter sous peine de.

Eh bien, tout ceci n'est pas un guide, c'est une canne... »

16 / REWARD (vitesse rapide)

30 Mai, 21 heures, lieu-dit « La Fortanière »

Il y avait une barrière de bois blanc, puis, au-delà, un petit chemin encadré de massifs de millepertuis. Au fond, de grands frênes bruissants. Plus loin, une longère normande, typique, à colombages, blanche et noire, torchis, brique et bois.

— C'est rudement beau, dit Dominique. On se croirait chez les riches.

— Théoriquement, lui répondit Artus. Mais ce n'est peut-être pas la richesse à laquelle tu penses.

Pola se pencha gracieusement et arracha une marguerite.

Artus et sa sœur avaient fait l'essentiel du voyage en train. Rouen, direct, et changement pour aller à Dieppe. Lors de la deuxième partie du périple, ils s'étaient tus, regardant délicieusement, par la fenêtre de l'autorail bruyant, les petites maisons de brique, nichées dans des anfractuosités végétales d'un vert profond, les petits cours d'eau sinuant dans les prés, et les vaches, grasses de belle herbe. Ils avaient réalisé que si l'on disait que les vaches regardaient passer les trains, c'était bien parce que des gens, dans ces mêmes trains, regardaient passer les vaches. Et cette rêverie défilante s'était peuplée aussi de souvenirs, ceux qu'ils avaient laissés à Paris, une tranche de vie réduite à quelques biens abandonnés sur place. Ils n'avaient emporté qu'un petit bagage, leurs affaires les plus précieuses, c'est-à-dire presque rien, mais ils avaient avec eux une tête remplie de toutes ces expériences vécues dans une jeunesse qui, ils le sentaient, ils l'espéraient, se mourait petit à petit dans ce tortillard normand. Il n'y a pas de moments aussi forts que ceux-là. Dans une vie, deux ou trois, peut-être. Parfois, il n'y en a même qu'un. Et pour les malchanceux et les imbéciles, jamais. Ces moments où l'on se dit : tout change, tout permute, tout vire.

À Dieppe, ils avaient été regarder la mer du Nord, grise et verte, et, allongés sur la longue plage de galets, s'étaient serré l'un contre l'autre pour s'échanger, par osmose, leurs nouvelles forces, encore tapies au fond d'eux-mêmes. Puis, à pied, ils étaient sortis de la ville, peut-être qu'ils feraient du stop, ils ne savaient pas encore, mais ils sentaient que ce n'était pas le moment de trop se faire repérer.

Ils s'étaient reposés à la terrasse d'un rade de campagne, juste à la sortie de la ville et avaient parlé avec un jeune garçon rieur, mais aux mains tremblantes, qui n'avait d'yeux que pour Pola, et qui avait insisté pour leur payer à boire. Puisque c'était son anniversaire. Peu après, il s'était mis à s'agiter de plus en plus et, sans prévenir qu'il était à bout, au bout de son petit rouleau personnel, avait éclaté en sanglots.

Pola l'avait pris sous son aile sombre et, très vite, comme pour se libérer du poids de sa mauvaise jeunesse, il s'était lâché, et avait raconté tout à ces amis de rencontre et de hasard. La voiture. Sa fugue.

Son désarroi.

Quand Artus lui avait demandé s'il voulait revenir chez lui, Dominique avait farouchement répondu : jamais !

Alors, ils l'emmenèrent avec eux. Ce fut la première fois que Pola conduisit une Mercedes.

Dans la ferme, ils étaient déjà six. Trois femmes. Trois hommes, dont Raymond le Camion de Voirie. Qui masqua lorsqu'il découvrit le jeune garçon, qui lui fit raconter son histoire, en lui demandant de donner le plus possible de détails pour que cela soit un beau récit. Dominique s'en tira avec les honneurs, y mit une émotion d'adolescent non calculateur et l'on entendit souvent une mouche voler. Artus et Pola trouvèrent même qu'il apprenait vite, question enjoliveurs.

La puissance invitante décida alors, au vote à main levée, de le compter parmi ses membres et de se débarrasser très vite de la bagnole, trop visible, les parents du jeune garçon avaient déjà dû donner l'alerte, et, en province, la Gendarmerie a des yeux partout. Ce fut Norbert, le seul qui avait voté contre l'adhésion du jeune garçon, qui fut chargé d'amener le gros véhicule à Dieppe et de le garer près de la gare maritime. Les autorités devraient penser que le fugueur avait choisi d'aller découvrir la verte Albion.

On leur montra ensuite l'immense dortoir commun. On leur servit un léger repas, simple et délicieux, à base de salades et de fromages, qu'Alice, la propriétaire des lieux, une grande rousse musclée qui se déplaçait, sur les tomettes, comme un anaconda rieur, leur concocta en direct.

Ensuite, elle les emmena dans le verger assoupi où des pommiers roupillaient tranquille, le pied dans l'herbe haute, couverts de fleurs blanches, attendant patiemment des fruits newtoniens. Alice se posta sous l'un de ces miracles de la nature et demanda solennellement le silence.

Elle écarta les mains en guise de fausse prière :

— Je suis le serpent. Et je dis : ô Dieu, ô Éternel, ô Verbe, ô Tout, les prototypes, là, devant moi, l'homme et la femme, Adam et Ève, s'ennuient ferme, dans leur jardin à la française tellement parfait qu'il commence sérieux à leur ressortir par les trous de nez. Cet ennui pourrait devenir une tache indélébile sur la perfection avouée de Votre Création, erreur que quelques esprits mal intentionnés pourraient vite reprocher à Vous, le Créateur, l'Éternel, le Verbe, le Tout.

— C'est quoi, ce truc ? glissa Dominique à Artus.

— Détends-toi. Tu verras. L'éloquence est révolutionnaire. C'est une loi. Tu devras faire pareil, un jour. T'as même déjà commencé, aujourd'hui.

Alice se mit à danser légèrement autour du tronc du plus vieux et tordu des pommiers. Sa voix monta d'un cran.

— C'est vrai, je les ai vus, ils errent, un air benêt sur la figure qui veut bien dire ce que ça veut dire. Ils sourient bêtement, respirent des fleurs en soupirant et observent les couchers de soleil en bêlant comme ces crétins de moutons que Vous avez mis un peu partout dans la campagne. Alors que tout pourrait s'arranger très facilement, avec infiniment peu d'énergie. Si je n'ai pas de bras et de jambes, j'ai néanmoins une tête, Vous en savez quelque chose, c'est Vous qui m'avez créé. J'ai une idée. En effet, il suffirait...

— J'ai pas plaqué les vieux pour regarder une émission d'Arte, gémit Dom, furieux.

Mais Pola lui prit la main, la plaquant sur son sein gauche. Il se calma immédiatement, saisi.

— Il suffirait à Votre Grandeur de créer et d'implanter, dans Votre jardin paradisiaque, un arbre un peu plus festif que les ifs, séquoias, ginkgo biloba et autres baobabs qui s'y trouvent déjà et qu'Adam et Ève connaissent par cœur, à force de jouer à la cachette dans leurs troncs vénérables. Même les balançoires et les ponts de singe ne leur plaisent plus, ils les regardent avec des yeux aussi expressifs que ceux des vaches que Vous avez également disposées un peu partout dans les champs.

Alice cueillit une fleur et la mordit sauvagement.

— Il suffirait de créer un arbre tout simple qu'on pourrait appeler le pommier. D'en faire une plante assez rustique fournissant, en fin d'été et en automne, de délicieux fruits faciles à cueillir qu'on appellerait des pommes. Je vous signale que cette idée est tout à fait désintéressée, je ne mange pas de fruits. Un, ça apprendrait aux deux humains la sagesse des saisons et donc la patience. Deux, la cueillette, elle aussi, serait une vraie joie, grimper aux branches, se lancer des pommes, lever les bras, se faire la courte échelle, se monter sur les épaules...

— Regarder sous les jupes, grinça Dominique.

— Mais ce n'est pas tout. Une fois qu'ils sauront les frotter, les peler, les trancher, les croquer, en faire, disons de la compote, ils pourront aussi en tirer du cidre, et, avec le cidre, grâce au feu que Vous leur enverrez du ciel, concocter un délicieux breuvage qui fait tourner la tête, chauffer le corps, et roupiller dans les fossés que Vous avez tracés un peu partout, pour justement empêcher les vaches de se barrer.

— Bon. *Blank Point* ! hurla Raymond. Qu'est-ce qu'Adonis Klakos dirait de tout ça ?

— À mort Dieu, aux lions les chrétiens et vive Néron ! répondit Artus.

— Et amenez le Calva, ajouta Pola.

— C'est là où je voulais en venir, minauda Alice.

Plus tard, on recommanda enfin aux nouveaux arrivants d'aller se reposer car il était tard, que le sommeil profond était toujours réparateur et que, dès le lendemain, le stage allait commencer.

Sur son lit, dans le dortoir silencieux, Dominique demanda à Pola ce que c'était, un stage.

17 / REWARD (vitesse lente) Hexagone 17 Septembre

Le Premier Ministre et celui de l'Intérieur s'adressèrent à la Nation. Ils ne laisseraient jamais l'anarchie, le chaos, le bordel, la chienlit et la violence gratuite s'installer sur les terres nourricières de la démocratie. Pour peu qu'on ait un sens aigu de l'analyse morphologique, on aurait pu déceler, sous leurs traits graves, empreints de rigidité dramatique, sous le masque rituel de ceux défendant à tout prix la France menacée, une once de jubilation. Ces gogos, qui, même à un rang supérieur de responsabilité, se situaient hors des parties, semblaient s'amuser et se satisfaire que leurs ennemis naturels, tous ces fouteurs permanents de merde, s'éliminassent entre eux. Ça faisait de la place, ça leur faisait des vacances et ça dégageait la police de tâches qu'elle jugeait envahissantes.

On pouvait également supputer, à leurs mines de clowns tristes et jouisseurs, qu'ils avaient bien l'intention d'en profiter et de continuer le sale boulot initié dans le Sud, protégés sous la chape plombée du mystère des Services Secrets. On pouvait aussi, en détaillant leurs gros yeux fixés à mort sur le mental télévisé des masses auxquelles ils s'adressaient avec componction, que, par-derrière, ils forniquaient activement en signant des sortes d'alliances contre nature.

Il était donc naturellement tactique d'imaginer que la « Maison Bleue » et la « Maison Rose », les deux copros principaux, ceux qui régnaient sur le plus grand nombre de propriétaires, fourbissaient dans l'ombre leurs sabres décapiteurs.

En attendant, par ordre venu d'en haut, l'armée et la police allaient être déployées dans toutes les zones à risque, les ZEP, ZAC, ZIP, ZUT, ZOB et autre ZUP, dont les habitants les plus indélicats, ceux qui, avant, tenaient les murs et lubrifiaient les cages d'escalier, forts de l'exemple fourni par les possédants, pouvaient espérer avoir leur part du gâteau, et mettre la douce et bienveillante démocratie en danger supplémentaire.

Résultat des courses à l'échalote : ailleurs, le terrain était libre et passablement déserté.

Sinon, pour un mec qui lit « Art Press », écoute *Fun Radio* et regarde Fogiel, tout va bien.

18/ PLAY
5 Octobre, 9 h 30 (Premier jour de l'Année 1 dite ZO d'AXA-), Gironde (33), entre Margaux et Castelnau de Médoc

Le signal leur parvint alors qu'ils se demandaient si c'était pour aujourd'hui ou pour demain. Platé le Mythe Décisif, Artus, qui espérait fortement qu'en ce jour il gagnerait un surnom, et Marion, agile comme le sont toujours les géantes, rampèrent à couvert vers le petit pont de pierre, qui, en son âme, gardait, pour peu de temps encore, le souvenir de poids d'humains datant du Moyen Âge.

En cinq minutes à peine, Platé plaça, à des endroits empreints de névralgie, les charges de *metanex*, un explosif malléable à l'efficacité légendaire auprès de tous les artificiers et pyrotechniciens ne bossant pas pour les Travaux Publics. Après qu'il eut enfoncé, comme des piments dans du tarama, les détonateurs dans la pâte rose, il sourit amplement et ses dents étincelantes blanchirent un instant la pénombre. Le travail bien fait, selon la sainte notion de la valeur d'usage, procure toujours un bonheur ineffable.

Ils firent le silence. Rien ne semblait bouger du côté de l'ennemi. Pas de problème, ils n'avaient pas été repérés par les sentinelles de la « Maison Bleue », assoupies ou endormies par la certitude d'être intouchables. Ils n'avaient vu que deux ou trois bleus pâles vaquant autour du château, comme des régisseurs dans des films anciens.

Artus écouta le glouglou apaisant du petit ruisseau. Dans un autre temps et un autre âge, il aurait aimé être là, les pieds dans l'eau, les chevilles glacées, la main tout près de la surface, guettant la nonchalante truite.

Marion le tira de sa rêverie, il fallait y aller. Ils repartirent, toujours à couvert, et, en rampant, revinrent se planquer derrière un ancien pigeonnier, à une cinquantaine de mètres du pont. Ils s'assirent à même le sol, le dos suant posé contre le torchis, arrosés par un soleil qui se mettait à chauffer. Il leur fallait compter une bonne trentaine de minutes, le signal leur parviendrait alors et Platé prendrait son téléphone cellulaire, ferait un certain numéro, et aurait sans coup férir son correspondant dont le nom était : détonateur. Une Désormais Belle Journée commencerait dans un envol bruyant de pierres immémoriales.

Marion était très concentrée, recroquevillée, les yeux fixés à terre. Les deux autres comprirent qu'elle n'étudiait pas la progression des fourmis mais qu'elle se préparait, à son tour, au Grand Jeu. Elle allait raconter une histoire.

Artus leva pourtant la main.

— *Blank Point* ! il cracha à voix très très basse.

Et avec le pouce, il montra la paroi décrépie du pigeonnier. Ils collèrent leurs oreilles contre le mur. Pas de doute, ce n'était pas le roucoulement d'un ramier ayant oublié de repartir vers des contrées plus chaudes.

C'était un gémissement un peu aigu.

Celui d'un enfant.

19 / REWARD (vitesse lente) 2 Octobre, 17 h 50, Gironde (33), Saint Laurent et Benon

Plus que trois sgondes.

Une.

Deux.

Trois, c'est parti mon kaki.

J'appuie sur le truc servo-sensoriel intégré modèle remastérisé à Taïwan. La technique de pointe dernier cri. Tout neuf. Je suis le seul à en avoir un, dans l'hémisphère Nord. Ça se branche direct sur le cerveau du pilote, c'est même plus des électrodes, ce sont ce qu'on appelle des électronibintz, c'est ça le vingtième et unième siècle, c'est-à-dire carrément pas le Moyen Âge. Deux électromachins plantés sous la casquette Nike et hop, ni vu ni connu, t'es transformé en Schumacher des étoiles, mais faut fournir. Même un gogol avec un servopilote branché sur la moelle, ça ne restera qu'un con qui essaie d'être pilote au lieu d'être pilote d'essai. Ce machin ultra-supercompliqué, overpointu, je serais même pas foutu de le réparer, mais ça ne tombe jamais en panne, c'est marqué sur la notice en douze langues, les pannes c'est le vingtième siècle, carrément l'âge du fer, un bidule, un vrai. Quand j'étais tout petit, tout tombait en panne, les bagnoles, les gameboys, les airbus, les micro-ondes et surtout l'amant de la Reine, Gérard le Grand Vizir Tout Programme, « y a que les pointeuses qui ne tombent jamais en panne et vas-y que je délocalise », il dit tout le temps, ce grand con. Mais maintenant tout résiste à tout, y compris au médiocrage, sauf un truc, les terriens, les humains, ouais, eux, ils tombent encore en panne, c'est normal, ils sont nuls, et méchants en plus, c'est pas nouveau et on peut rien y faire, y a des connards et des salauds partout, y en aura toujours qui se bousillent à la vodka bionique voire à l'Abba mégabass. Ne pensons plus à ça, c'est des coups à se bourrer de *Prozac* en suppo de Satan. Comme la Reine Fran, la mère, la Reine.

Ma jambe me fait supermal. Encore un peu et les médocs de l'espace me la remplaceront vite fait. Un os nouveau, et hop.

Dehors, sur la piste d'atterrissage, ça gueule, ils me cherchent, ces salauds. Ils me trouveront plus. Fini. Parti.

Remarque, même si le servoguidage, il part en couilles, y a des technoclônes pour ça, je les déteste, ceux-là, ils se croient les forts en maths, les rois du fractal, les moyens de la moyenne, les premiers de la récré, et que je te répare les engins en roulant des mécaniques, avec leurs yeux en billes de loto et leurs rallonges à enroulement automatique, manque plus que l'aspirateur à poussières cosmiques, je les hais ces tas de gras qui pensent que c'est un malheur de laisser ce genre de matériel à des pékins dans mon genre, des pilotes, des vrais, pas des conducteurs de bus intersidéraux, non, des casse-cou, des têtes cramées, qui risquent leurs vies pour le bienfait de l'humanité. Même si les pilotes, ils ont une jambe cassée, ils peuvent toujours piloter. Ce ne sont que des machines, les technoclônes, des machines à la con, sans âme et aussi précuites que des frites surgelées, on les fait réviser tous les dimanche. Même si leurs parents ne leur font pas du mal, et ne les frappent pas, ils ont, en plus, des points-essence pour les faire remettre à neuf, les technoclônes, je leur chie dessus avec le papier et je ne tire même pas la chasse.

J'essaie de pas pleurer, et pourtant j'ai mal, mais on s'habitue. Les autres, sur la piste d'atterrissage, faut pas qu'ils m'entendent et qu'ils m'empêchent de décoller, on ne sait jamais, même si ma jambe me fait supermal. Pour une fois qu'ils ne cognent pas ma tête. Putain, les hurlements dehors. La grosse voix, la petite voix. La Reine et son poilu. Fran cette salope et Gérard cette ordure. La grosse voix, c'est celui qui couche tout nu avec elle, c'est Gérard, l'alcool fou de l'espace qui pisse dans le lavabo, même pas enrhumée, sa voix, non, ça doit venir des cavernes, il arrive directo des cavernes, ce type, deux ans que ça dure, c'est bien le seul truc qu'il a, sa grosse voix, qui me rappelle papa le Roi, chassé honteusement de l'Empire après la Guerre des Sept Soirs, mais je suis là pour le défendre, le Roi, et il reviendra, quand il arrêtera de bosser à l'usine, même la nuit, au moins lui, il gueule mais il tape pas.

Ça secoue à mort, c'est vrai que faut une sacrée poussée pour faire décoller cet énorme engin. Mon vaisseau adoré. Tout en bois pour faire plus léger, du bois qui ne pourrit pas, qui prend pas feu, et c'est même avec ce genre de bois qu'on fait les cure-dents pour les monstres sibériens de la Planète Custom 2.

Déjà, ce matin, quand la Reine et l'Horrible sont arrivés dans la cuisine de l'astroport, ils ont pas voulu que je reste alors que j'avais même pas entamé les denrées de secours. Ils n'avaient pas encore fini leur nuit, le Gérard, il traînait sa queue partout, et quand il a voulu me la mettre sur la tête, j'ai vomi partout, alors ils m'ont tabassé, c'est là que la jambe a cassé, j'ai compris qu'ils voulaient vraiment m'empêcher de partir, alors je me suis traîné jusqu'au vaisseau, j'ai fermé les écoutilles derrière moi, ni vu ni connu, j'ai prévenu la Tour de Contrôle et j'ai décidé en pleurant sans faire de bruit que le départ c'était pour tout de suite, et tant pis pour le Roi que j'ai pas prévenu mais je ne savais pas quand il allait repasser.

Le Protolak démarre, je me prends 4G dans les gencives, en avant, ça fonce, adieu la Terre, adieu l'AstroParis, pourrie jusqu'à l'os avec sa télé de merde, et les haricots verts, et les fellations en placoplâtre de la nuit, et les coups dans la gueule du dimanche, et les devoirs pas faits, et les bouteilles vides, et les cris de bête dans la chambre et la claque quand je vais me laver les dents et les liposomes passifs, et les spaghettis en boîte, et puis la Reine qui vient dire, viens, bibi, viens me faire un bisou, hein que c'est vrai que tu l'aimes bien ta mère, et va rien raconter à ton père, espèce de petit salaud. Et des tas de conneries du genre, avec des pots même pas catalytiques qui empestent le dioxine de carbone et le goudron mou qui nous ruinent les poumons comme si on les tartinait de *Nutella*.

Ça gueule toujours dehors, partout, tout autour, doit y avoir un micro encore ouvert quelque part, ça m'a tout l'air d'être l'amant de la Reine, le Vizir en carton, qui se fait une crise d'autorité, ça lui suffit même plus de me taper dessus, et il se bouffe les nageoires de s'apercevoir que le capitaine, le vrai, le chef des rebelles, s'est barré et a décollé dans son engin intersidéral, le fameux capitaine Moi qui a échappé à la surveillance de ses débiles de gardes et qui fonce hors de l'Empire à la vitesse de décongélation de merlu sauce citronnée. Heureusement qu'avec le Protolak, ça va dégommer, le Protolak, à côté, le Falcon Millénium de ce gros bœuf de Han Solo c'est la *Volvo* de l'Espace, un crapaud à tuyères, le hareng-pommes à l'huile interplanétaire, même pour le passage dans l'hyper, le Protolak, il te fait ça les doigts dans les trous des oreilles, et moi, j'ai pas même un Chewbacca sous la main, mais j'ai des manettes, des vraies, de loin on dirait des balais, avec des petits boutons de rien du tout, un peu comme ceux qu'on voit quelquefois sur les joues de la Reine, et ça m'a permis de m'arracher à mort de la Terre, et c'est tant mieux, parce que ma jambe, je peux même pas la toucher, elle devient toute bleue et que j'ai tout le temps envie de chialer. La Terre, c'est foutu, à mort et à fond, deux mille ans que ça pédale pareil et que les Terriens ils n'ont rien trouvé de mieux que les contrôles d'orthographe, les gifles, les jambes qu'on casse d'un coup de pied, le ramassage scolaire, les nouilles froides en paquet, les cartables de deux tonnes, les céréales pourries, les élections cantonales, la mucoviscidose dans les hamburgers périmés, tu parles d'un avenir pour les générations qui veulent découvrir le Cosmos.

C'est sûr, on est déjà dans la stratosphère, ça caille, il fait tout noir, j'ai peur, très noir, ça sent même ce putain de cirage, ça doit être la graisse atomique qui sent ça, quand il fait moins cent vingt, y a intérêt que tous les roulements à billes du stratopropulseur ne gèlent pas, c'est normal c'est pourquoi on met de la graisse atomique. J'arrive pas à déconnecter ce putain de micro, ça gueule toujours quelque part, c'est toujours l'amant de la Reine qui hurle et qui brame mon nom, il me cherche partout, et elle aussi, cette furie, qui appelle le Nom, celui du Fameux et Indestructible capitaine Moi, Momo pour les natifs, les indigènes et les locaux. Ils le brament, mon nom, la face tournée vers les étoiles et l'hyperespace, furieux ils sont, je sais bien qu'ils ont peur que je les dénonce, ils n'ont pas de vaisseau bionique aussi puissant que le mien, ils doivent regretter de ne pas avoir fait avancer assez la science, ils se demandent si ça valait le coup de picoler autant. Mais je suis seul, je suis parti seul, je suis libre. La Reine ne pourra plus rien contre moi, et le Vizir non plus, elle règne sur l'Empire, lui sous elle, elle règne sur le Bas-Empire des Lieutenants qui se taisent et moi je mène la révolte des Rebelles aux Jambes Cassées et se cogner la caste des Lieutenants qui se taisent, ce n'est pas de la tarte, même si j'ai de temps en temps un espion sur place, le Roi déchu, en prison quelque part sur une autre planète, mais il n'est pas là, il travaille tout le temps, même la nuit, pour faire vivre l'Empire et qu'il a même intérêt à ramener le pognon et plus vite que ça. Mais le Protolak est parti, il survole la terre pourrie sur laquelle règne la Reine, la guerre de l'espace est bientôt terminée, le baston supermaminova, la castagne superplus. On va voir qui gagne, maintenant, et c'est couru d'avance, parce que de là-haut je vais leur balancer des fusées atomiques en plein dans leur tronche, je vais les aligner à coups de pourcentages irradiés, ça va être du carnage technojungle, ils vont pas s'en remettre, y aura du sang, tant pis, ma jambe me fait trop mal. Je sais, c'est assez dur de ne pas partir avec le Roi Déchu, mais il est peu sûr en ce moment, son regard est trop fuyant, et au lieu d'être là ce matin, alors que j'aurai pu l'embarquer dans la soute, il doit encore être dans une des usines de lieutenants, les lieutenants, je les hais, mais c'est oublié, maintenant je suis capitaine, le capitaine Moi Movski Van Moi du Protolak qui est un putain de vaisseau et je vous emmerde tous, et vous allez tous y passer.

C'est sur le web que j'ai su que c'était aujourd'hui que je devais partir. J'ai des potes sur un site australien, là-bas ils savent mieux que nous, c'est eux qui ont fait Mad Max, alors, hein. Tu fais http:// kangourou bionic point com et ils te disent tout, même la quantité de chocolat que tu dois emporter pour sortir du système solaire. C'est eux qui m'ont fourni tous les manuels de maniement du Protolak, ils me les ont faxés par messages subliminaux pendant le match que regardait le Vizir, hier soir, tard. Ils m'ont fait confiance, ils ont vérifié que je n'étais pas un agent des Lieutenants Noirs Qui Se Taisent ni un soldat de la Reine. Quand je leur ai envoyé la cassette vidéo de l'Amant de la Reine à poil en train de déployer ses antennes, ça les a calmés et je les ai eus, les modes d'emploi. Même s'ils se sont gourés, ils m'ont envoyé ceux écrits en norvégien, mais c'est assez facile à traduire, ça ressemble à des cris de baleine.

Ma jambe me fait de plus en plus mal, et j'ai envie de pleurer et si je fais pas gaffe, je vois tout blanc, des fois, mais je résiste. Il faut que je sorte du système solaire, je peux pas faire autrement, il faut toujours sortir d'un système pour arriver à faire quelque chose de correct. C'est la Loi n°1 des Rebelles. Les sbires de la Reine Fran et de son amant, les cons, les nuls, ils vont me chercher, à tous les coups, sur Mars ou Jupiter, mais merci bien les tempêtes d'acide en fusion glacée, il faut au moins dépasser Proxima Centauri pour être tranquille et sortir définitivement de l'Empire. J'ai mal, de plus en plus mal, je me mords pour pas crier, ça doit être l'oxygène qui se fait rare. Ça s'est pas fait tout seul, j'en ai bavé des ronds de casquette Chicago Bulls, l'apprentissage est long pour devenir superpilote astro, il a fallu tromper la bande des Lieutenants Qui Se Taisent pour pouvoir s'entraîner dans la cabine de pilotage virtuel du Protolak, deux ou trois heures quand je peux, généralement le mercredi, quand cette saloperie de Gérard est en vadrouille, il ne travaille pas, jamais, il est toujours là, sauf le mercredi, où il va dépenser le trésor du Roi, et comme ça je peux m'entraîner tranquillos, le mercredi, surtout en plus que la Reine Fran n'est pas là non plus, elle visite d'autres mondes, elle a aussi un vaisseau spatial, cela dit c'est une vraie épave, on dirait la casserole de Darth Vador à pédales, elle me rattraperait jamais même si elle le voulait.

Ça y est, je vois les deux lunes de la planète Navello, toutes noires, deux points noirs dans la nuit qui devient de plus en plus blanche, c'est autre chose que la comète qui nous a frisé les moustaches y a pas longtemps, le Vizir l'appelle la moquette, pas la comète, la moquette, il est con, celui-là, et si je vois Navello c'est que je suis dans la bonne direction, celle de la planète Zycor, où tout va bien, où l'on fait ce que l'on veut, où les abonnements sont gratuits, et où l'endive et les épinards surgelés ne peuvent pas pousser, le climat ne s'y prête pas, y a trop de zyconium dans l'azote de l'air, c'est pour ça qu'on l'appelle comme ça, la planète. Mais bon, même avec le zyco, c'est respirable, au moins autant que ce que je dois respirer pendant deux années-lumière dans la cabine du Protolak, cette putain d'odeur de cirage et même aussi de javel, c'est avec ça que la Reine nettoie son matériel de transmutation bionique. J'ai mal. De plus en plus mal. Je pleure. C'est con. Avec la température, ça va faire des glaçons qui vont tomber sur le plancher du vaisseau et ils vont l'entendre.

Je dois me concentrer, me concentrer, même si le pilotage est automatique, c'est un Protolak Automatak Comak 111, et s'il y a des manches à balai, c'est pour la frime et pour que les pilotes croient servir à quelque chose. Bon. Le gros problème est d'abord d'éviter les deux lunes, ces foutues lunes, Sissi et Franz, tu parles de noms scientifiques à la con, et ensuite, faut contourner Navello où il y a une drôle de population de gens méchants qui écoutent tout le temps la télé, ça doit être un vrai enfer, cette planète. Après, si je crois les Australiens, faut louvoyer entre le monde chlorique de Baltak et le système strombolien de Golo, là, encore problème, mais on y est pas encore, tourner à gauche après la galaxie de Paulovna, où la vodka est un gaz, laisser sur sa droite le monde de Bidull tout recouvert de fourrures géantes et carnivores, et sur sa gauche l'Empire de Glârg, et après, hop, l'hyperespace, l'ailleurs, la vie, la vraie vie. Et la voix de l'amant de la Reine qui se rapproche, putain. Il doit être à bord du Protolak, c'est pas possible. Il s'est caché avant le décollage, c'est pas possible. Le Lieutenant Von Kluk a dû me dénoncer, il voulait faire capoter le vol intersidéral. Si l'autre ouvre la porte du placard, je le lyophilise à mort. Il approche, je le sens, il ne m'appelle même pas, il sait où est le Protolak, alors que c'est un navire secret, il a découvert son plan de vol, il a pas intérêt à ouvrir le sas de décompression, cette espèce de merde de pourriture de vizir dégueulasse, tu vas voir ta gueule, quand je pourrais remarcher, tu vas voir, c'est tout vu.

— Qu'est-ce que tu fous là ? Hé, Françoise, y a le nain qui pleure dans le truc à balais.

— J'ai mal à ma jambe.

Je pleure.

— Sors de là, petit con.

— Oui.

— Oui qui?

— Oui Gérard.

— Oui Papa Gérard.

— Tu n'es pas mon papa.

— T'en veux une ?

La Reine Fran arrive. Me regarde. Elle est moche.

Elle a une tache de vin sur son peignoir. Elle soupire.

— Mais qu'est-ce qu'on va faire de toi ? Hein ? Tu peux me le dire, petit emmerdeur ? Tu crois qu'on n'a que ça à foutre ?

Elle m'attrape par les cheveux.

Je lui pose mon désintégrateur sur la poitrine. Au revoir.

Madame Françoise L. / 41 ans / née à Bordeaux / sans emploi / Divorcée / Vivant avec Gérard D. / 35 ans / charcutier à Lesparre en Médoc / tuée le 2 Octobre à 17 h 55, d'un coup de couteau en plein cœur, par son fils Maurice.

Le même enfant qui, avec un fusil de chasse imprudemment rangé dans un placard, a tué, dans le dos, de deux coups de chevrotines, Gérard D. qui, d'après l'enquête, tentait de ranimer sa compagne.

Suggestion d'épitaphe : salauds victimes d'eux-mêmes.

20 / PAUSE / Adonis Klakos (extrait)

« Je n'aurais pas aimé être un garde du cardinal, en vrai ou dans Alexandre Dumas. C'est un travail absurde de se battre pour empêcher les gens de se battre. Je ne n'aimerais pas être la règle d'accord des participes passés, parce que, ne comprenant rien à moi-même, je plongerai dans la schizophrénie. Je n'aurais pas aimé être le Petit Prince de Saint-Exupéry, car, à question idiote, réponse idiote. Je n'aurais pas aimé être Grouchy car je déteste être en retard. Ni Blücher, d'ailleurs, parce que c'est impoli d'être en avance. Je n'aimerais pas être une carte bancaire, être avalée et recrachée toutes les cinq minutes, ça doit être dégueulasse. Je n'aimerais pas être une citrouille. Arrêter de vivre à minuit, je ne peux pas, je suis plutôt du matin. Et il faut se garder du temps pour ne pas louper notre rendez-vous avec l'Histoire. Or, demain, j'ai rendez-vous avec mes lecteurs, j'emmène ma copine au restaurant. Demain, j'ai rendez-vous avec les mathématiques, car, sur le siège de mon dentiste, je vais recompter les 484 trous du plafond. Demain, j'ai rendez-vous avec l'amour, à quinze heures précises, je rencontre mon banquier. Demain, j'ai rendez-vous avec l'humour, je dois rencontrer le fonctionnaire des Impôts qui s'occupe de mon cas...

Alors que faire ? comme disait Lénine, qui n'a rien fait, sinon le contraire de ce qu'il aurait dû... »

21 / PLAY
5 Octobre, 9 h 35 (Premier jour de l'Année 1 dite ZO d'AXA-), Gironde (33), entre Margaux et Castelnau de Médoc

C'est Artus qui, entrant à couvert dans le pigeonnier, trouva le jeune garçon. Il avait la fièvre, délirait et s'est mis à hurler en demandant à rencontrer la Chef des rebelles de la Planète Navello. Artus appela Marion à la rescousse. Celle-ci repéra tout de suite la jambe cassée, découvrit, éberluée, les nombreuses ecchymoses sur le corps de l'enfant et le prit dans ses bras en gémissant, l'étouffant presque dans son immense poitrine.

Au talkie, elle demanda illico la permission à Raymond de Camion de Voirie de revenir près des camionnettes pour soigner l'enfant d'urgence. Il y avait sur place des antibiotiques puissants, des calmants et de quoi faire un emplâtre. Elle prenait sur elle. Elle était sûre que c'était un gosse qui avait fui des tortionnaires, les traces de coups parsemant son corps en étaient la preuve.

Raymond, fort des préceptes de l'Araison, lui confirma que, même si cela mettait singulièrement en danger toute l'organisation de l'attaque, il ne fallait jamais reculer si la vie d'un enfant était en danger, et que, dans l'ordre du monde, puisque l'enfant n'a jamais rien demandé, et surtout pas de souffrir, tout doit être toujours tenté pour abolir cette injustice inhumaine. Qu'elle le ramène. Si elle se faisait repérer, il mettrait en application le plan de secours.

Et que Platé Le Mythe Décisif fasse sauter le pont dès qu'elle serait en sécurité.

Artus trouva qu'il était normal que ce soit un enfant qui, sans le vouloir, donne le signal du combat qui allait faire de ce jour un nouveau jour, dans un nouveau temps, dans un nouveau monde.

Les deux combattants araisonnables se positionnèrent, armes pointées vers la porte centrale de la « Maison Bleue », afin de protéger la fuite de Marion, au cas où des forcenés du clan maudit des assiégés tenteraient une razzia. La géante prit l'enfant sur son épaule. Lequel môme cria puis s'évanouit. Courbée comme une haltérophile russe ramassant sa fonte, elle sauta dans le fossé et disparut dans la futaie zébrée d'un soleil matinal. Dès qu'elle fut à couvert, glissant le long de la petite route, le Mythe Décisif prit son portable et pianota, hilare.

Le pont patrimonial se transforma en gerbe pierreuse.

Ooooh la belle grise !

22 / REWARD (vitesse lente) 3 Octobre / 21 heures, Aveyron (12), du côté de Rodez

La Synergie Urubu-Spinoziste s'arrêta, fourbue, épuisée par la pratique sécuritaire des départementales, une vingtaine de kilomètres après Rodez. Ils mangèrent sur le pouce, finirent le premier cubi et se préparèrent pour une nuit à la belle étoile. Les couples se calfeutrèrent à même la nature et les célibataires se dispersèrent pour faire, à tour de rôle, le guet. Il n'y avait pas que les étoiles pour leur tenir une laiteuse compagnie, mais aussi une lune, magnifique, charnue, qui découpait sombrement le paysage comme les fonds d'une peinture de Patinir.

Le Coq et Yoyo se mirent sous un arbre, pour, à travers la frondaison, mieux la contempler, la lune, la voir hachée et constellée par le feuillage, car c'était un sport mental qu'ils n'avaient pas pratiqué depuis longtemps, la nappe polluée recouvrant les villes ne laissant plus beaucoup passer les émotions sélénites.

Yoyo prit la main de son amant.

— Tu te souviens de la scène d'amour de *Pierrot le Fou* ? La nuit, sur la plage, avec la lune ?

— Ouais. Parfaitement.

— Prouve-le.

Le Coq réfléchit, se concentre. Les images lui reviennent à l'esprit. La valeur sombre du plan. Le sable, tellement sombre, à la limite du violet. Belmondo, du temps où... Karina, comme toujours. L'acteur regarde la lune.

— Tu fais Marianne, je fais Bebel. OK ?

— Des brumes.

— Bon...

Elle toussa légèrement.

— Je vois un type, mais c'est ni un Popof, ni un neveu de l'oncle Sam. Je vais te dire qui c'est.

— Qui c'est ?

— C'est le seul habitant de la Lune. Tu sais ce qu'il est en train de faire ? Il est en train de se barrer à toute vitesse.

— Pourquoi ?

— Regarde...

— Pourquoi ?

— Parce qu'il en a marre. Quand il a vu débarquer Leonov, il est heureux. Tu parles : enfin quelqu'un à qui parler, depuis des éternités qu'il était le seul habitant de la Lune. Mais Leonov a essayé de lui faire entrer de force les œuvres complètes de Lénine dans la tête. Alors, dès que White a débarqué à son tour, il s'est réfugié chez l'Américain. Mais il n'avait même pas eu le temps de dire bonjour, que l'autre lui fourrait une bouteille de *Coca-cola* dans la gueule, en le forçant à dire merci d'avance. Alors, il en a marre. Il laisse les Américains et les Russes se tirer dessus, et il s'en va.

— Où il va?

— Ici. Parce qu'il trouve que t'es belle. Il t'admire... Je trouve que tes jambes et ta poitrine sont émouvantes.

— Baise-moi.

Ce qu'ils firent. À deux.

Après cette furieuse accumulation de capital de base, la Lune était toujours là. Yoyo s'étira sur l'herbe sèche.

Plus loin, Patraque avait rejoint Kyndy et la Colonelle

dont les yeux brûlaient dans la nuit américaine. Il avait envie de parler, il avait la parole glissante.

— Il y a bien des lunes... Souvenez-vous. Les rêveurs nocturnes furieux du viol irresponsable de leur mythique satellite...

— Des mal lunés...

— Des scientifiques

— Justement, eux, ils ne le sont pas, dans la lune...

Patraque soupira, levant son large visage vers l'astre blanc.

— Ouais. Des mecs heureux qu'un petit pas sur ce sol mort et vierge en soit un grand pour l'humanité. Et puis le temps a passé, des problèmes diurnes ont gommé petit à petit les enjeux. Peu importe, les deux parties avaient tort. Les clairs de lune enflamment toujours terreurs et ravissements romantiques, mais l'Humanité a maintenant d'autres chats à fouetter : la Science et le Pouvoir la promettent, la lune, ils la prennent avec les dents.

La contemplation rend bavard, c'est bien connu. Ça dégage les neurones, ça redonne confiance à la tête, on se raconte des histoires, on aime en raconter. Les langues se dénouent, après avoir été si durement nouées.

La Colonelle respira profondément et reprit le flambeau :

— La NASA s'en est trouvée con comme la lune. Après une lune de miel, le Congrès renvoya le problème aux vieilles lunes, conseillant aux moonmaniacs de renoncer à la décrocher, la Lune, de la laisser dans le caniveau, la Lune, et de plutôt travailler sur un autre genre de satellite, un peu plus espion, un peu plus militaire ou communicant.

— Ces faces de lune... ils étaient verts...

— Un peu comme les pommes de terre quand elles

se prennent, sortant du chaud cocon de la terre, un bon coup de lune.

Kyndy s'allongea dans l'herbe noire et se mit à marmonner, autant pour lui que pour la nuit, tout autour.

— Pendant ce temps-là, les poètes, les Pierrot, les enfants, tous ces Jean-de-la-Lune, ces chevaliers de l'Astre de la Nuit, tous ces lunaires et lunatiques reprirent leurs inutiles activités contemplatives, qui tuent le temps... Comme nous, maintenant. Toujours à se demander pourquoi leur astre préféré n'a jamais rendez-vous avec le soleil. Toujours à la considérer comme un point sur un i.

— La Terre n'a pas cessé de tourner et sa petite sœur, pareil, le coupa Patraque. La pleine ou la nouvelle. Les pêcheurs attrapent quelquefois un poisson-lune, les femmes surveillent leurs cycles, les paysans le temps des semailles quand, là-haut, la Lune est rousse.

— Les exhibos la montrent toujours en plein soleil, cache ta lune, crie la maman, les jours de grand vent, rigola la Colonelle.

— Les astrologues et les tireurs de tarots la craignent...

— Ouais, quand elle est couplée avec « l'amoureux », ça craint... Tu sais comment on appelait, avant, la roue des suppliciés ?

— Non.

— La Lune aux douze quartiers...

Leur catalogue s'épuisait. Mais ils étaient bien, emplis de sélénité.

— Vous savez ce qu'on va faire demain matin ?

— Qui le sait ?

— Moi. Dans le café, on va tremper un croissant.

Le Renard arriva sur ce fait, la gueule enfarinée...

— Vous avez vraiment l'intention de dormir ?

23 / REWARD (vitesse lente)
Hexagone le 20 Septembre

En haut lieu, ce fut comme pour les retraites, le trou de la Sécu et la décentralisation. Les négociations, tout ce qu'il y avait de plus secret, n'aboutirent pas, même si, à la sortie des symposia, des sourires crispés tentaient de se faire passer pour des rictus de satisfaction ou de soulagement. Entre ceux qui pouvaient passer pour des représentants officieux des « Maisons Bleue et Rose », on s'assura d'une paix des braves, d'une période de non-belligérance. Mais tous les pékins, jaunes de honte bue, qui se serrèrent, à la fin des débats, une main molle et moite, savaient pertinemment que c'était un pieux mensonge, et que chacun chercherait à rassembler ses troupes pour faire le ménage dans les parages immédiats. Il fut tout de même décidé de réunir, de temps en temps, les forces vives, toutes les forces vives, celle de la Nation, pour dégager définitivement du réel des copros trop volontairement indélicats.

Une commission fut créée à cet effet. Une de plus. Et les états-majors, à l'intérieur des Safrane, se mirent à penser l'impensable.

Sinon, pour un mec qui lit *Télérama*, écoute *Chérie FM* et regarde Mireille Dumas, tout va bien.

24 / REWARD (vitesse lente)
21 Septembre / 14 h 18 / Jura (39)
Entre Dôle et Orchamp

La « Maison Verte » avait réuni ses troupes dans une grosse ferme ventrue du premier plateau du Jura, pour enfin générer une cohésion qui les aiderait à tenir tête à l'entropie ambiante. La baraque appartenait à l'un des membres du bureau politique qui avait toujours été tenu à l'écart du mouvement, à cause de ses idées un peu extrémistes, aventureuses, inadéquates, positions qui le faisaient passer pour le végétalien idéologique de la bande. Mais comme il semblait avoir eu raison, à l'avance, comme il avait prévu qu'il ne serait jamais sain de pactiser avec le diable, il avait réussi à réunir tout le monde dans sa grande baraque à l'ancienne. Parce que l'humain semblait tout à coup moins compter qu'une baleine, parce que les cerveaux étaient manipulés, et pas que génétiquement. Parce que l'heure était grave et qu'il ne fallait pas céder à la facilité, parce qu'il fallait dissoudre le mouvement et faire de l'entrisme autrement. Parce qu'il était temps de s'évanouir dans les choux-fleurs et le plus loin possible d'une usine nucléaire, on ne savait jamais.

La « Maison Verte » tendait à se positionner toujours le plus radicalement possible. Du moins à ses yeux. Mais, comme l'énonçait Adonis Klakos, la radicalisation est souvent la meilleure façon de découvrir ses arrières. Elle avait donc refusé de s'armer et de céder à la militarisation de ses maigres troupes disparates. Ce n'était pas la peine. Ce serait le seul et dernier rassemblement avant l'évanouissement dans la masse. Il fallait simplement décider démocratiquement quand reprendrait le combat bio et sous quelle forme. En attendant, vive Voltaire, chacun cultiverait son jardin.

C'est pourquoi les vingt-cinq attaquants, armés comme des G.I. déguisés en chasseurs, déboulant à l'improviste dans la ferme, firent un carton. Les miches de pain complet et les bouteilles de cidre comme avant explosèrent tout autant que les crânes écolo-fragiles. Avant d'y passer, le proprio des lieux reconnut formellement, parmi les assaillants, le délégué local de la fédération du Doubs de la « Maison Rose ».

Gilles V. / 45 ans / né au Havre / Études secondaires et universitaires brillantes / Diplômé en biochimie / Professeur à l'Université de Dijon / délégué de la « Maison Verte » auprès des Commissions de Programme de l'Education nationale / Marié, trois enfants / Tué au fusil de chasse à 14 h 23.

Suggestion d'épitaphe : trop mou pour durcir.

25 / PAUSE / Adonis Klakos (extrait)

« Et les musées, aaah les musées, c'est bô les musées. On peut y admirer la jambe de bois de Sarah Bernhard, la porte qui claque de Feydeau, la baisse tendancielle du taux de profit de Marx, la bouteille de mezcal de Malcolm Lowry, le réveil d'Alice, les valises de Liliane, la bosse de Lagardère, le presbytère de Gaston Leroux, la reprise individuelle de Stirner, les ferrets de la Reine, le sonotone de Beethoven, l'oreille de Van Gogh, le peigne de Koblet, le browning de Bonnot, la Boyard de Godard, les verres de lunettes de Spinoza, la photo de classe de Wittgenstein (avec Hitler), *l'admonestation paternelle* de Ter Borch, les cors au pied de Roland Dumas, la minerve de Marguerite Duras, les 45 T de boogie-woogie de Mondrian, le crâne d'Hamlet, le maillot de bain du Président Mao, le vélo du facteur Cheval, le pic à glace de Mercader...

Mais dans les musées, il n'y a pas notre futur proche. À nous de créer des objets qui puissent, à l'avenir, y figurer... »

26 / REWARD (vitesse rapide)
31 Mai 8 h 30, La Fortanière
(Seine-Maritime 76)

Le stage commença très tôt, juste après un café délicieux et de larges tranches de pain blanc. Artus et Pola n'avaient même pas eu le temps, ayant dormi toute la nuit dans un silence normand aussi épais que du beurre de baratte, de faire vraiment connaissance avec les autres. Ceux qu'ils connaissaient le mieux, c'était le jeune Dominique, aux grands yeux ouverts sur sa nouvelle vie, et Raymond, leur seul lien avec leur passé. Il y avait Norbert, dit Nono le Grand Soir, un grand type ombrageux, portant catogan, habillé de bleu et de noir, nerveux, parlant bas et qui semblait un vrai maniaque de la propreté.

– Wittgenstein faisait bien la vaisselle pour mieux penser, alors, pourquoi pas moi ? il avait balancé à Pola qui tentait de l'aider.

Il y avait Alice Le Lapin Blanc, leur hôtesse, lumineuse, ses taches de rousseur en faisaient une véritable voie lactée ambulante. Marion la douce catcheuse aux bras aussi puissants que des grues *Poclain*. Et un couple silencieux, on aurait dit de vrais jumeaux, Jeanne et César, mystérieux, vraies réifications du calme avant la tempête. Lui, Artus et Pola l'avaient déjà aperçu, un bonnet de laine sur la tête, place Léon Blum, au volant d'une *Volvo* pétaradante.

Raymond le Camion de Voirie leur apprit que le Comité avait organisé, un peu partout, en France, une vingtaine de réunions comme celle-là. Il ajouta que l'Histoire était déjà en marche, en marche lente, en marche sûre. Il les prévint que s'il prenait ainsi la parole le premier, ce n'était en aucun cas une prise de pouvoir, ni un abus de parole, il n'avait d'ailleurs rien à professer, il avait simplement à montrer une voie que chacun arpenterait ensuite à sa guise. Il déclara en gros qu'ils allaient rester là une semaine. Qu'on avait le temps de se connaître. Que l'on n'était pas dans une foutue réunion des Alcooliques Anonymes.

— Vous êtes des terroristes, ouais, avait commenté Dominique.

— Non. Nous sommes des bonheuristes, avait simplement répondu Raymond.

Artus avait les yeux rivés sur Marion. Cette jeune femme, d'une taille imposante, massive, musclée, aux proportions parfaites, il se disait qu'il était impossible qu'on puisse la considérer comme une grosse femme. Elle était extrêmement grande, et belle, c'était tout.

Dominique ne quittait pas Pola d'une semelle. Il avait trouvé une maman. Une maman jeune, nerveuse, attentive.

Raymond le Camion de Voirie leur précisa enfin que le dernier jour serait le seul réservé à l'entraînement de la survie, c'est-à-dire, pratiquement et essentiellement, la connaissance des armes qu'ils auraient sans doute à manier un jour. Mais la connaissance des engins de mort n'était en aucun cas l'essentiel. L'essentiel, c'était l'apprentissage du vivant. La plus grande partie du temps, six jours, consisterait à découvrir et pratiquer l'intelligence. Apprendre à mieux vivre, mieux lire, mieux entendre, mieux comprendre. Mais aussi savoir vraiment manger, boire, marcher, jardiner. Sentir sa respiration. Découvrir le corps de l'autre. Assumer le rêve et l'utopie. Évaluer ce qu'est la fuite du temps, ce que représente le repos, ce qui construit la réflexion.

Mieux agir dans l'urgence et la rapidité. S'efforcer de gérer l'erreur ou l'approximation. S'admettre ensemble. Se mettre à parler, devenir griot, et, pour cela, jouer au *Blank Point*, point nodal de la pratique.

— C'est quoi ça ? demanda Nono.

— C'est le jeu majeur. Inventé par Adonis Klakos. Qui a prédit que la maîtrise de la fiction est révolutionnaire. Que le paradigme de chacun doit être ensemencé des syntagmes des autres.

— Tout ça, c'est un truc d'intellos. Ce qu'il nous faut d'abord, c'est du courage et des muscles. Ce qu'il nous faut, c'est encore plus de rage, ça suffit, déjà, comme programme !

Raymond le Camion de Voirie ne lui répondit pas du tac au tac. Tout en douceur, il se leva et alla chercher, sur la grande table de la cuisine, un livre qui patientait entre des patates en vrac et des côtes de bettes.

Artus sut à l'avance que c'était celui d'Adonis Klakos. Raymond l'ouvrit, cherchant la page.

— Je n'impose rien. Je lis, c'est tout. Vous en penserez ce que vous voulez. Après, on discutera. C'est à propos des intellectuels, comme tu dis...

Il prit une profonde inspiration. Au loin, une vache meugla.

— « Jusqu'à preuve du contraire, ce sont des intellectuels qui gouvernent, qui saccagent le Monde, qui chient leurs stratégies clinquantes et dévastatrices de sherpas, qui commandent aux armées et envoient au casse-bonbons justement des gens qui n'en sont pas, des intellectuels. J'ai bien peur que des types, disons, suffisamment intelligents pour ne plus souhaiter la guerre, le profit, le dédain, la peur, pour refuser l'esclavage et le pouvoir, pour ne plus confondre valeur d'échange et valeur d'usage, pour ne plus croire au spectacle de la marchandise, et bien, on en trouve une chiée, c'est-à-dire onze, j'ai bien peur que ce soient ceux-là qui mettent le monde à feu et à sang et qui prennent la parole à la place de ceux qui, justement, en tant que non-intellectuels, n'en ont pas le droit. »

— Je comprends rien, gémit Dominique.

— Tu comprendras petit à petit, pas de problème, lui souffla Pola.

— « C'est une idée d'intellectuel que de dire : la guerre fait partie de l'Histoire et de l'Évolution, il n'y a pas de raison que ça change, étant donné que c'est pareil depuis le crétacé jurassique, Caïn, Hobbes ou Cioran, et c'est aussi une idée d'intellectuel de dire : notre seule arme, c'est de supprimer toutes les autres... »

— Quitte à passer par les armes tous ceux qui passent outre, et cela pour le bien de l'Humanité, le coupa le sombre Norbert.

— C'est ça. Je continue. « Plus notre planète devient cultivée, intelligente, réflexive, raisonnable, concernée, c'est-à-dire intellectuelle, plus ça va mal. La médecine fait moins de progrès que la missilologie. Ce n'est pas une victoire de la Science d'aller sur la lune tout en écrasant les os cassants des enfants du Tiers-Monde. »

Marion prit la parole. Voix profonde et chaude.

— Il y a assez de réserves dans les silos du capitalisme pour nourrir trois fois la planète. Tout ça pour maintenir les prix de l'agroalimentaire. Alors que la moitié des humains crèvent de faim.

— Un pur exemple de ce qu'on nomme encore la Raison. Ce texte d'Adonis Klakos date de la fin des années 80. Je cite, plus loin : « ... je crois fermement que tout intellectuel rêve, en secret, de faire la chose qu'il a le plus en horreur, c'est-à-dire prendre le pouvoir. Et se commettre. On n'échappe pas à l'Araison » « L » apostrophe.

— Je comprends toujours que dalle, admit Dominique.
— Ça va venir, sois patient, lui dit Pola.
— C'est pourquoi nous ne devons pas être des intellectuels, conclut Raymond le camion de Voirie, tout au plus des artistes. Que Klakos décrit comme des autistes.

Ils discutèrent ainsi longtemps. Puis préparèrent un repas de légumes du jardin d'Alice Le Lapin Blanc, qu'ils décidèrent, à l'avance, de décréter sublime. Et ils le dégustèrent avec calme et volupté. Dominique déclara que, ça, enfin, il comprenait. Après ces simples agapes, ils s'allongèrent au soleil, dans le pré, derrière la jolie ferme. Pola se déshabilla entièrement et offrit sa douce peau à l'astre et au regard émerveillé de Dominique.
— Pourquoi tu me regardes comme ça ? dit-elle, la voix dans le coude.
— Parce que j'en ai vraiment marre d'être jeune.
— T'as tort. Il y a toujours de belles histoires à n'importe quel âge.
— Tu dis ça parce que t'es grande, plus grande que moi.
— Écoute. Quand j'étais petite, j'avais un cousin que j'aimais beaucoup. Il habitait à côté de chez moi, à Vitry. Mais il y avait un grand mur entre nos maisons. Ce mur, je l'avais toujours connu, on l'avait construit bien avant ma naissance, au beau milieu du grand jardin, séparant en deux la pelouse, d'un côté l'abricotier, de l'autre le pommier, juste à l'aplomb des deux pavillons mitoyens et jumeaux. Le résultat d'une sombre querelle que les autres membres de la famille avaient fait semblant de comprendre. Mon papa et mon tonton étaient, en tout cas, devenus des frères

ennemis. Interdiction d'adresser la parole à ceux de l'autre côté du mur. Interdiction de pactiser avec l'ennemi.

— Du coup, tu ne pouvais plus t'amuser avec ton cousin.

— C'est ça. Quelquefois, par-dessus les culs de bouteille cassées qu'ils avaient fichés dans le ciment du mur, ils se traitaient de noms d'oiseaux, comme « entriste », « fasciste », « social traître »...

— Enculé, quoi...

— Ne dis jamais ça, Dominique, ça ne veut rien dire, c'est idiot.

— On dirait ma mère.

— Quelquefois, les mères ont raison.

Pola se retourna, un envol de seins blancs, et regarda Dominique, avec un regard en coin.

— Je t'expliquerai pourquoi il ne faut pas dire ça, mais pas maintenant. Laisse-moi terminer mon histoire. Mon cousin, je ne le voyais qu'à l'école, et encore. En cachette. Le Mercredi et le Dimanche, on essayait, en faisant attention, de grimper sur le mur. Mais on se faisait à chaque fois sérieusement engueuler. « Comme ça, ils ne risquent pas de se taper dessus ! », avait même dit ma mère, un jour, alors que je n'avais aucune envie de lui taper dessus, à mon cousin. Le seul vraiment heureux de ce truc, c'était le pépé, qui habitait dans le pavillon d'en face, et qui, depuis des années, comptait les points, en traitant ses deux enfants de malades infantiles et d'hitléro-trostkistes.

Pola ne savait pas si Dominique l'écoutait, tant il avait du mal à poser ses yeux sur quelque chose qui ne soit pas de la peau. Enfin, pour ne plus avoir à combattre, il posa sa tête sur le ventre de la jeune femme et ferma les yeux. Peut-être qu'il se disait simplement, putain, il y a deux jours, j'étais dans un petit enfer sans savoir que...

— Un matin, j'ai été réveillée par des coups sourds et répétitifs. Quand je suis allée à la fenêtre, j'ai aperçu mon père et mon oncle en train de casser ce putain de mur à la masse. Et ils y allaient de bon cœur, ça, je peux te le dire... Je suis descendue de ma chambre, tout excitée, la maison bruissait d'une belle effervescence, ma mère s'était mis sur son trente et un, et proférait, ravie, ces paroles mystérieuses : « On n'aura pas le grand soir, mais cela sera quand même un beau matin ».

— Le grand soir, c'est comme Nono ?

— Ça m'en a tout l'air. Bref. Quand le trou a été suffisamment grand, Papa et Tonton, leurs maillots de corps fumant dans l'air frais, se sont serré la main, dignes et souriants. Puis se sont donné l'accolade. Moi, j'ai foncé dans la chambre de mon cousin. C'est de là-haut que j'ai assisté à la fin des réjouissances. Comme les pères et mères, les tontons et tatas s'acharnaient de plus belle sur la pierre et la meulière, le pépé, en face, s'est mis à hurler que si c'était pas bientôt fini, ce potin, il allait appeler les flics et de plus, le terrain lui appartenant encore, et il était pas crevé, il fallait son autorisation pour tous les genres de travaux. Papa et Tonton l'ont traité de vieux rétrograde, de poubelle de l'histoire, de cacique et d'apparatchik.

— Je comprends rien.

— Ce sont des noms d'oiseaux exotiques. Le pépé, il est devenu d'un rouge violent. Résultat, dix minutes après, la maison poulaga s'arrêtait devant le jardin et une escouade de tuniques bleues surgit d'une bétaillère, tentant de rétablir l'ordre. C'est là que le voisin du pépé a sorti un drapeau noir à sa fenêtre, a commencé à jeter des ustensiles divers sur la police en comparant les flics à des chiens de garde. Les cognes ont voulu l'embarquer et là, ça a été la guerre sainte, le jihad, le front commun. Bref, en un quart d'heure, toute la famille, braillante, et le voisin, ulcéré, étaient dans le panier à salade et emmenés *manu militari* au commissariat. Et moi, j'ai pris la main de mon cousin. Nous sommes descendus, émerveillés, dans le jardin. Il était grand, vert, magnifique. Un nouveau terrain de jeux.

Dominique ne dit rien. Il semblait dormir. Comme s'il était entré, à distance, dans un cocon.

— À ton avis, lui demanda doucement Pola, qui est le plus sympathique dans cette histoire ?

— Toi.

— Non, mais à part moi ?

— Le voisin du pépé.

— Tu vois ? Tu comprends vite. Très vite.

27 / REWARD (vitesse lente)
23 Septembre, 15 h 22, Belfort (territoire de Belfort) (90)

Les nouvelles, en sous-main, circulèrent à la vitesse de l'éclair secret. Curieusement la « Maison Bleue » trouva que la « Maison Rose » avait été très sympâââ d'envoyer les Verts ad patres, dans le bioparadis où ils rêvaient d'habiter depuis longtemps, tout en créant, en attendant, un compost tout à fait honorable. Et tout aussi curieusement, elle considéra qu'il y avait là une sorte d'alliance objective par-delà le manque apparent de négociation et d'alliance. C'était vrai que les écolos faisaient autant chier la drauche que la goitre. En guise de remerciement, elle décida de faire un geste, un petit geste, un truc fastoche, c'est-à-dire l'éradication de la « Maison Jaune », ces soi-disant républicains purs de chez pur, leur clone homophono-guévarien en tête, qui se terraient dans la banlieue de Belfort, prêts à passer en Suisse à la moindre occase, disaient les mauvaises langues.

Les activistes bleus innovèrent, en l'occasion. Pas question, en pleine ville, d'attaquer à l'arme légère ou au yatagan. Pas question d'employer les grands moyens, genre drone, missile téléguidé ou bombe à fragmentation. Déguisés en réparateurs Vivendi, ils isolèrent tout simplement les canalisations d'eau potable arrosant la « Maison Jaune » et y injectèrent deux litres de curare pur, de quoi éliminer une métropole japonaise tentaculaire au grand complet. Un poison immédiatement mortel en absorption directe, genre : il fait soif, je vais me boire un petit verre, et un peu moins immédiatement mortel, mais mortel tout de même, en contact simple, genre : j'ai les mains sales, je me les lave ou, tiens, à vue de nez il est cinq heures, je vais me prendre une petite douche.

Deux heures après, la quasi-totalité de la « Maison Jaune » y passa, comme on dit dans les gazettes, soit d'une façon foudroyante, soit dans des souffrances atroces.

Maxime H. / 51 ans / instituteur à Belfort / chrétien pratiquant / membre, successivement, du PSU et du MDC depuis dix ans / délégué CFTC de l'enseignement pour le Territoire de Belfort / responsable, à la « Maison Jaune » de la communication auprès des PME / célibataire / empoisonné le 23 Sept à 16 h 01.

Suggestion d'épitaphe : copieur myope.

28 / REWARD (vitesse lente)
Hexagone, 24 Septembre

Panique en la demeure. Apparemment. Ceux qui savaient, eh bien, ils savaient. Ceux qui ne savaient rien, putain, ils paniquaient sérieux. Et, pour préserver la Raison d'État, il fallait tout faire pour qu'ils continuent à ne pas savoir tout en paniquant un peu moins. Ce n'est pas bon, la panique, pour la poursuite sociétale du travail et du profit en découlant.

Donc, le Gouvernement, qui, lui, se savait puissamment dérisoire, prit des mesures pour maintenir la confiance. Par décret, on mobilisa l'armée et sa gendarmerie, la Police et ses subsides. On mit au point une sorte de super plan vigie-pirate amélioré, intitulé « SéRéPer », Sécurité Républicaine Permanente, qui se promettait de protéger les instances et les courroies de transmission du pouvoir, officines officielles des partis, c'est-à-dire des « Maisons », dont certaines étaient devenues dramatiquement vides, et puis le reste, à l'avenant, comme la poire, les gares, les péages d'autoroutes, les perceptions d'impôts, la Bourse, les usines nucléaires et celles classées Seveso. On laissa les banques et les ambassades se démerder avec leurs propres armées de vigiles plus ou moins labélisés, car ça faisait du boulot pour tous ceux ayant préféré apprendre le kung-fu que les capacités productives en sorgho de certains pays équatoriaux. Quant aux écoles, aux universités, aux diverses églises, mosquées et synagogues, on les laissa bouillir tranquille car, généralement, tout ce beau monde aime bien quand l'entropie menace. Ça fait fonctionner les neurones, ça génère, dans les journaux, un paquet d'articles à la dramaturgie baroque. Et le Pouvoir, le vrai, n'en a pas grand-chose à battre, de l'éducation ou de la religion, il s'en fout dans les grandes largeurs, de l'avenir de ses enfants et de la morale du Grand Tout. Le Pouvoir, le vrai, celui qui prie à genoux, n'a qu'un grand Barbu devant lequel il se prosterne volontiers : Saint Pognon, le Grand Blé, l'Affiche Divin, le Flouze Transcendantal.

Les forces vives de la sécurité, de la défense du territoire et de la dissuasion se retrouvaient donc engluées dans des taches ménagères. Obnubilées à fond par la divine et douce mission se résumant à quelques mots, véritable sésame de la bonne suite des événements : « la paix chez nous ».

Le peuple, ce troupeau aveugle, pouvait se sentir rassuré.

Quant aux ninjas des diverses « Maisons » ils avaient désormais les mains libres pour leur passionnant jeu de rôles et un terrain dégagé pour se foutre vaillamment sur la gueule.

Sinon, pour un mec qui lit « L'Infini », écoute *Jazz FM* et regarde Arthur, tout va bien.

29 REWARD (vitesse lente)
26 Septembre, 7 heures, aux environs de Pau (Pyrénées Atlantiques) (64)

La « Maison Rose » la joua finement, pour une fois. Le 16 Septembre, lors de l'élimination des cageots restants de la « Maison Rouge » par les persos de la « Maison Rouge et Noire », elle avait envoyé quelques éclaireurs locaux dans les parages du Fort d'Ivry pour constater les dégâts et prendre des contacts. Elle avait même réussi, grâce à l'hypocrisie de quelques-uns de ses militants pour qui la Hollande était l'autre pays du socialisme, à détourner un ou deux membres, on ne saura jamais, des rouges et noirs, en contrepartie de quoi, on ne saura jamais.

Mais ces contacts, hautement stratégiques, eurent leur effet. Les roses n'eurent pas beaucoup à insister pour convaincre la petite armée crypto-luxembourgeoise d'aller, renseignements à l'appui et matériel fourni à l'avance, se payer la « Maison Mauve », cette subtile collusion entre le bleu et le rose, qui s'était rassemblée du côté de Pau, où officiait l'un de ses prophètes ayant un amour immodéré pour le Bon Roi Henri IV, le spécialiste de la poule au pot pour tous et du retournement de veste, pour également le bien de tous les Français, puisque Paris valait bien une messe.

L'immense demeure bourgeoise, à laquelle on avait collé, en façade, une réplique au 75ème de la balustrade de Marguerite de Navarre, à Agen, semblait dormir dans la brume du petit matin. Le seul truc qui pouvait faire penser à une ambiance de siège était le gros autocar à gaz, avec marqué sur son flanc : *Air Force One*, qui barrait l'entrée de la propriété de toute sa largeur.

La cinquantaine de soudards rouges et noirs se déployèrent tout autour du mur d'enceinte, dans ce qui, pour eux, était un silence total et qui, pour les gardes de la « Maison Mauve », évoquait plutôt l'arrivée des forains un jour de marché à Vic-Fezensac. Les assiégés qui s'étaient payé pour l'occasion l'appui de quelques gros bras de « Ferme Actuelle », anciens allumés de la FNSEA, spécialistes du jet de purin et du flambage de pneus bretons, sortirent les armes et se préparèrent à l'assaut, sûrs de repousser l'attaquant et de lui mettre une doudoune facile et sanglante. Mais ils n'avaient pas compté sur la seule science infuse que possédaient les rouges et noirs, celle du cocktail Molotov. Chacun des attaquants se trimballait avec son casier *Nicolas* de huit bouteilles. Savait concocter le précieux mélange. Connaissait les lois de la balistique appliquée à ce genre de crus millésimés. En plus, ils avaient une sorte de schéma pyrotechnique, une théorie des feux, diagramme fourni par un pompier de leurs amis, c'est-à-dire qu'ils savaient où déclencher les incendies qui pourraient non seulement faire flamber la baraque, mais de plus la ceinturer en tant que brasier.

La bataille fut rude. Nombre d'assiégés parvinrent à s'extraire du barbecue et furent cueillis, à la sortie, par les snipers noirâtres et rougeâtres déjà rompus à l'exercice. Pendant que se déroulaient ces événements aussi rapides que passionnants, les assaillants ne virent pas les camionnettes banalisées arriver en feulant et déverser dans les parages une centaine de jeunes militants de la « Maison Rose » spécialistes du combat rapproché à l'arme blanche. Un par un, dans le fracas de la bataille, selon la méthode dite de « Noske », la deuxième vague d'assaillants élimina ses propres mercenaires, ceux qu'ils avaient faussement engagés et payés avec de la monnaie de singe, en les frappant, dans le dos, en pure traîtrise et dans la plus grande impunité. Quelques rouges et noirs, moins aveuglés par la collusion, plus méfiants quant à la bienséance de la négociation contre nature, s'en aperçurent et firent quelques entailles dans les vies des roses avant d'aller retrouver, *in fine*, et en martyrs potentiels, leur saint Patron syndicaliste.

Jean-Louis B. / 46 ans / pharmacien à Tarbes / protestant pratiquant / vieille famille radicale-socialiste / délégué de la « Maison jaune » auprès du monde agricole / Marié, cinq enfants / brûlé vif le 26 Septembre, à 7 h 43.

Suggestion d'épitaphe : centriste décentré.

Manu Z. / 26 ans / ouvrier imprimeur à Champigny (94) / Connu des RG comme agitateur anarchiste / célibataire /

Égorgé dans les environs de Pau, à 8 h 12, le 26 Septembre.

Suggestion d'épitaphe : a encore oublié Cronstadt.

30 / PAUSE / Adonis Klakos (extrait)

« Nous pianotons, du soir au matin, sur nos claviers d'ordinateurs, domestiques ou esclavagisés, nous agitons nos doigts frénétiques sur nos téléphones, nos minitel, nos télécommandes, nos distributeurs de billets, de train ou de banque, nos codes d'immeuble, nos points noirs et nos boutons de fièvre. Tout ça sans créer la moindre musique. Même pas la musique de l'avenir, même pas la chanson du désordre. Bien sûr, il y a les artistes, ceux qui, du bout des doigts, détournent des sommes folles, les Gould de la carambouille informatique, ceux qui entrent dans les données du Pentagone comme dans de la *jelly* à la fraise, les Cziffra de l'espionnage, eux aussi prient le Dieu AZERTYUIOP. Mais si, à la fin, bientôt, après la Grande Bataille des Chiffres et des Lettres, tout se redéfinira, comme en informatique, selon les « un » et les « zéro », faisons en sorte d'être du côté des Huns... »

31 / PLAY
5 Octobre, 10 h 20
(Premier jour de l'Année 1-dite ZO d'AXA-), Gironde (33), entre Margaux et Castelnau de Médoc

L'attaque avait commencé. Quelques roquettes affamées avaient entamé la façade immaculée de la « Maison Bleue ». Mais, contrairement à ce qui était prévu, les assiégés n'avaient pas fait de sortie, n'avait pas tenté de diversion, et se terraient dans la vaste demeure, dans laquelle ils avaient dû installer des bunkers qu'il serait très difficile d'investir. Pour les attaquants, pour les araisonnables, il était obligatoire d'en finir dans la journée, sinon tous ceux qui jugeraient bon, par bêtise, peur du lendemain ou fatigue, de venir aider la « Maison Bleue », laquelle avait encore l'oreille secrète de l'État et en ce sens restait le dernier rempart contre l'anarchie, se pointeraient en masse.

Raymond le Camion de Voirie l'avait bien dit, la veille au soir, à ses troupes. Personne ne les aiderait, eux. Ils n'attendaient personne. Ceux du « mouvement », tous ceux qui, avant, faisaient partie du pléonasme en cours, la Société Civile, avaient d'autres chats à fouetter. Chacun de son côté, ils se coltinaient les patates chaudes laissées par l'État et ses gouvernements successifs. Ils tentaient de créer une fédération de bonne volonté qui maintiendrait le pays en marche, selon d'autres vues, d'autres principes. Groupes de pression, lobbies, syndicats paysans, associations de reprise individuelle, tout le monde œuvrait en sous-main, dans l'ombre, mais avec une saine et imparable idée du tentaculaire.

Le Comité n'avait donc à ne compter que sur ses propres forces pour faire le sale boulot. Mais un boulot symbolique. La fin violente des « Maisons », la disparition des Copros, était obligatoire pour imposer l'idée et la réalité de l'arrivée d'un Nouveau Monde.

Après... On verrait bien. Le temps serait venu de savoir si l'homme libre est toujours un loup pour l'homme, ou bien s'il admet qu'il fait tout simplement partie de la meute à condition qu'on lui foute la paix.

Planqués derrière le pigeonnier, Platé le Mythe Décisif, Marion et Artus avaient essuyé quelques tirs anodins d'armes automatiques, et n'avaient même pas répliqué, préférant économiser des munitions qui leur seraient vitales.

— Ça risque de durer un bon moment, cette sauterie, avait prévu Platé.

— Ils ne sortiront pas, ces chiens. Leur niche est trop belle. Va falloir y aller.

— Et se faire hacher menu. T'inquiètes pas Marion, Klakos a forcément prévu ce cas de figure. Raymond le Camion de Voirie doit étudier le topo.

Artus avait confiance. Toujours. Le sens de l'Histoire. Leur action, leur prise de conscience ne pouvaient pas tourner en eau de boudin puisqu'ils avaient l'Araison pour eux.

— Vivement, hein, souffla Marion en posant son AK et armant le gros fusil Mossberg qui ne la quittait pas. Parce que je viens d'avoir vingt-cinq ans, et il est impossible que ça continue comme avant. Parce que j'ai besoin de symboles, moi, vraiment besoin.

Les deux autres se turent, ils savaient qu'elle allait parler, que c'était à son tour de jouer au *Blank Point*, et que c'était bien que ça vienne maintenant, dans l'attente et l'urgence en même temps.

— Vous savez ce que j'ai fait, entre le stage et le moment où il a fallu venir ici ? Je me suis acheté des *Clarks*, putain. Vingt ans, j'ai mis à m'acheter des *Clarks*. Vingt ans. C'est doux, solide, pratique et ça a côtoyé, quelques années, le mythe. Pour cavaler, c'est idéal. Ça ne glisse pas, ça dérape peu, c'est chaud, et ça se patine facilement, ça devient vite luisant au bout. Historiquement, c'est la meilleure godasse pour les pavés.

— Et les pavés, y en a toujours. Certains, même, sont classés, la coupa Platé qui, d'un clin d'œil, passa le relais à Artus.

— Et les plages y en a toujours et encore plus, peuplées à mort de cancéreux de la peau en puissance.

Marion, heureuse, sourit enfin à ses compagnons de jeu.

— Maintenant, sous les pavés, il n'y a plus de plages. Plus beaucoup. Il n'y a que des retraites. Sous la plage, la retraite... Et vous savez ce que j'ai fait aussi, après les godasses ? Eh bien, dans ma librairie préférée, j'ai volé un livre blanc. Dire qu'une maison d'édition a publié ça... Intitulé *La Grande Quinzaine du Blanc*, et qui ne comprend aucun mot, rien, que du blanc, comme une illustration de la fin d'Arthur Gordon Pym... Voilà où j'en étais. Des pavés, un livre vide, des *Clarks*... Et qu'est-ce qu'il y avait de post-moderne dans tout cela ? Qu'est-ce que c'était que ces signes à la mords-moi la coupure ?

Elle se tut. Des tirs furieux venaient d'éclater. L'avant-garde du Comité, postée dans les fossés sur la gauche de la « Maison Bleue », pilonnait les grandes fenêtres du premier étage. Les vitres explosaient comme des verres *Duralex* tombants au sol et ils repérèrent quelques grenades fumigènes passer par les ouvertures. Une grosse fumée grise et verte s'échappa du bâtiment. Mais aucune ombre, aucune silhouette ne se profila. Aucun tir de défense.

— Là-haut, ou bien, c'est vide, ou bien ces salauds attendent qu'on se mette à charger à découvert.

— Raymond ne fera pas cette erreur. Vu de l'intérieur de la baraque, les bleus doivent estimer que nous sommes une trentaine, pas plus.

Et puis, ça se calma. Tout redevint comme avant. Un peu plus de fumée, certes. Quelques trous noircis dans les murs, c'était tout. Au bout d'un moment, quand on entendit de nouveau quelques piaillements d'oiseaux, Marion reprit son récit.

— Moi, j'avais dans la tête de partir dans l'Eden. Alors je l'ai fait. Encore un symbole. Partir, partir, partir vers l'Eden. Ouais, l'Eden. Pas le paradis, non, mais ce putain de rade même pas céleste que je connaissais, dans mon quartier. Un rade, avec un patron et un serveur horribles. Qui, c'est connu dans les parages et personne ne dit rien, se permettent de jeter les bons clients dehors, tout ça parce qu'ils en ont un derrière la cravate, qui se débrouillent toujours pour ne pas servir tout ce qui ne ressemble pas à un Auvergnat pure souche, et qui m'ont mis la main aux fesses un jour où il me manquait dix centimes pour payer ma bière, en m'assurant que, comme ça, je ne devais plus rien. Il y a un an, le jour de mon vingt-quatrième anniversaire, j'avais plus un rond, mais j'avais tenté le coup. J'avais demandé un demi gratos. Ils m'ont injurié. Poivron vert, poivrot rouge, tête à mule, crâne de veau, je sais plus quoi... Le jour de mon anniversaire.

— Ils sont fous ou quoi ?

— Je leur ai dit, pourtant, putain, soyez pas vaches, un seul demi, c'est mon anniv, ça fait 24 ans que je tire ma carcasse dans ce monde qui ne veut pas de moi ! Ta gueule, ils ont répondu. Le patron et le serveur. Les deux faisant la paire. Dégage, ripe, casse-toi. Je me suis défendue. Un baston de samedi soir, avec les coups qui n'arrivent même pas, ou alors mollement. Ils m'ont jeté dehors. J'ai perdu mes godasses, de vieilles *Doc Martens*. J'avais la gueule sur du pavé sale. Pas loin, il y avait un livre pourri par la pluie, un Livre de Poche, une bonne moitié manquait. *Une Cloche pour Adano*, ça s'appelait, j'ai longtemps regardé le titre avant de me relever. La cloche, c'était moi et Adano je ne savais pas vraiment où ça pouvait bien être. Adamo, encore, mais bon. Le jour de mes vingt-quatre ans. Pour les vingt-cinq, j'ai juré de faire quelque chose.

Marion caressa le canon bleuté sombre de son fusil.

— Ce que j'ai fait. Le monde bégayait. Le pavé, les godasses, le livre. J'ai « emprunté » le Mossberg de Tonton, celui-là même. Pour faire un carton. Ça rime... Tonton, carton, il va y avoir de la viande au plafond. Je sais, je dois faire attention au *Blank Point*... J'ai un an de plus et un Mossberg sous l'imper. Impec, je vais vers l'Eden. J'ai les nerfs. Un an que ça me tend les tripes, que ça me bouffe la tête, que je ne pense qu'à ça. Un an que je me dis que la vengeance est un plat qui ne se mange qu'en entier. Qu'il faut saucer. Que c'est ça qui est bon.

— C'est comme la dernière gorgée de bière, la meilleure, rigola Artus.

— J'arrive devant le rade, j'ai 25 ans, je pèse 85 kilos, je m'aime. Je pousse la porte, deux clients, au fond, sous l'affiche du *Train des Pignes*. Et les pignoufs, eux, ils sont derrière le comptoir. Le patron. Le serveur. Les mêmes. Quand on est une bernique, on colle au même rocher toute sa vie. Je sors le fusil de dessous l'imperméable. Ils se figent. Les bouches s'ouvrent dans le silence d'un bar en danger. Ils ne comprennent pas.

J'ai envie de tirer. Mais je m'approche. Je commande un demi. On me sert en tremblant. Je le vide d'un trait. Bon anniversaire. La bière a un goût de chiotte. Je vois le gros calendrier punaisé au mur, sous la glace. Alors, je lui tire dessus. Le mur se constelle, le calendrier est haché par la chevrotine, la glace explose. Je ne paie pas. Je me casse. En sortant, je fais gaffe de ne pas glisser sur le pavé humide et je pars en courant. Bon anniversaire moi-même.

Ses deux compagnons ne disent rien. Car c'était une belle histoire, comme on aimerait en entendre plus souvent.

Et ils venaient de voir, dans l'ombre des grands pins bordant la « Maison Bleue », des silhouettes ramper et se mettre à couvert pas très loin des premiers chais de la propriété.

Une stratégie avait donc été choisie.

L'heure était belle.

Platé le Mythe Décisif proposa que Marion s'appelle désormais Marion le Moral Mossberg.

Accordé.

32 / REWARD (vitesse lente) Hexagone, 27 septembre au soir

La triste nouvelle de l'élimination des rouges et noirs se répandit comme une traînée de poudre dans le nez. En haut lieu et dans la masse de lemmings guettant le retour grenellien à l'ordre, au vote et à la réouverture des stations-service, ce fut presque une bonne nouvelle, la fin de la chienlit valant bien la continuité apparente des combats en sous-main.

Mais, pour tous les autres, ce fut une mauvaise nouvelle. On ne regretta pas vraiment la disparition des rouges et noirs et ce dogmatisme copropriétaire autant latent qu'inopérant qu'ils défendaient jusqu'au point de bâtir une « Maison », mais on serra les fesses, car venaient d'être radicalement éliminés des hommes et des femmes pouvant servir, de temps à autre, d'alliés objectifs.

Partout en France, dans tous les stages dépendant du Comité, et chez ceux qui venaient de suivre cette même préparation, ordre fut donné de se tenir prêt.

La tactique des Copros indiquait que sous peu, il ne resterait qu'une « Maison », et comme aux échecs, il n'y aurait qu'un gagnant. Et c'était là que l'Araison prenait tout son sens. Il fallait tout simplement qu'il n'y ait plus de gagnant. Gagner, c'est régner. Le pouvoir revenu. Plus de vainqueur, comme ça, un partout, la balle au centre. Et vogue la galère. Ça mettrait trop de temps de désigner un vainqueur qui n'ait pas vaincu. Et ce temps-là serait mis à profit par tous ceux qui voulaient que ça change.

Donc, mission fut donnée à tous les néo-stagiaires

de se tenir prêts. Savoir quand la dernière « Maison » bousillerait l'avant-dernière, et savoir où elle irait fêter l'événement, car il était déjà prévu, qu'emportés par le mouvement, et par la tactique irrépressible du mouvement, les membres des copros vainqueurs se réuniraient dans le chaud cocon d'une forteresse qu'ils savaient inexpugnable puisqu'il n'y avait plus d'attaquant homologué.

Sinon, pour un mec qui lit *Sciences & Vie*, écoute *RTL 2* et regarde *Le Maillon Faible*, tout va bien.

33 / REWARD (vitesse rapide) 2 Juin, 19 heures, La Fortanière (Seine-Maritime) (76)

C'était presque la fin du stage. Ils avaient tous beaucoup appris et il était illusoire d'en dresser une liste, puisque, maintenant, ils savaient. La vie, enfin, la vie qu'ils espéraient dorénavant, resplendissait d'autres valeurs et d'autres plaisirs à tel point qu'elle paraissait valoir presque le coup d'être vécue.

Le lendemain, ils apprendraient ce qui était nécessaire pour manier les armes qui leur permettraient, à jamais, de ne plus se laisser faire. Et après, chacun repartirait de son côté, rejoindrait le Comité de son choix, attendant le moment, le Grand Soir, le Petit Matin, le Somptueux Après-midi où ils se retrouveraient et, là, sur un vrai théâtre d'opérations.

Artus, Marion et Raymond étaient partis à la pêche. Alice le Lapin Blanc faisait le jardin. Il faisait chaud. Nono, Jeanne et César s'occupaient, à Dieppe, du ravitaillement, tout en laissant traîner les oreilles, on ne savait jamais.

Pola, en sueur, s'était allongée sur son lit, dans le dortoir obscur. Son corps nu reposait en travers de la paillasse, près de la fenêtre, cherchant un peu de fraîcheur dans un hypothétique courant d'air.

Dominique vint la rejoindre, un livre à la main.

— Écoute, je viens de lire ça... Ça date de 1889, ce n'est pas d'hier.

— C'est quoi ?

— Le *Panégyrique anonyme de Pini.*

— J'ai déjà entendu ce nom.

— Écoute : « Nous entrons en pleine période révolutionnaire ; il semble que les dernières catastrophes où doit fatalement s'engloutir une société basée sur la Propriété, mère du vice, du crime et du men-songe, soient imminentes. Tout se disloque à vue d'œil. Cette situation a pour premier résultat de classer définitivement les hommes en partisans ou en ennemis de l'Autorité, unique protectrice de la propriété... » C'est fou, non ? En 1889 !

— Ouais, c'est fou, lui sourit Pola.

— Je peux m'allonger à côté de toi ?

— T'as pas besoin de demander la permission. Nous sommes libres. C'est toi qui décides ce qui est bon pour toi. Ça ne change rien... Mais à une condition. Tu te déshabilles toi aussi.

Ce qui doit arriver arrive quelquefois. Ils s'embrassèrent et se caressèrent dans la moiteur. Pola calma l'ardeur du jeune adolescent en lui demandant de se laisser aller. Qu'il fallait quelquefois savoir et vouloir être passif. Elle s'occupa du corps neuf et tendu de Dominique. Avec sagesse et douceur.

Dans un rayon de soleil empli de particules dorées en suspension, elle le prit dans sa bouche, et, quand elle sentit que Dominique allait atteindre le plaisir, elle lui enfonça l'index dans l'anus. Dominique se cabra comme un arc. Pas de refus, mais d'intensité.

— Tu vois, Dom, lui dit-elle doucement dans l'oreille, maintenant t'es un enculé. Alors, surveille ton langage.

Le soir, autour de la table, tout le monde était rayonnant, confit dans la chaleur et la fatigue. Un repas de fruits et de fromages. Un vin blanc léger et glacé, comme celui que l'on ne peut boire qu'à Venise, avait précisé César. Ils parlaient peu, se regardaient longuement en face, se souriaient. Dominique n'avait plus l'air de savoir où il était sinon sur un immense nuage, aussi doux qu'une couette de dortoir normand.

Et puis Norbert, Nono le Grand Soir, tapa violemment sur la table, faisant sursauter tout le monde, rompant la torpeur.

— Ce n'est plus possible, j'en peux plus ! Je regrette...

— Qu'est-ce que... tenta d'intervenir Raymond.

— Tais-toi, laisse-moi parler sinon je n'y arriverai pas. Ce n'est pas un jeu, ce n'est pas LE Jeu.

Il se versa un grand verre de vin. Respira à fond. Sa grande carcasse sembla en même temps se gonfler puis se ratatiner.

— Voilà. Laissez-moi terminer, s'il vous plaît. Jusqu'au bout... À bout. Comment dire ? Je suis un salaud. Je suis en mission. Mandaté par les Renseignements Généraux. Je dois leur relater la teneur de ce genre de sauterie, celle qui nous occupe depuis au moins une semaine. Pour l'instant, je n'ai pas fait encore mon rapport, vous devez me croire. Et je ne le ferai pas. Ce qui s'est passé ici, depuis quelques jours, m'a, comment dire... M'a... Bref... Mais je ne peux plus rester avec vous. Surtout avec ce que vous allez faire demain. Je vais partir ce soir. Le temps que j'arrive à Paris et qu'ils me contactent, ça vous laisse le temps de vous barrer. Je ne veux plus rien savoir. Pour me dédouaner, je leur raconterai la bouffe, l'amour, le jardin, tout ça... Et vos surnoms. Pas vos vrais blazes. Pour me dédouaner, je tenterai de savoir des trucs que je vous ferai parvenir, si jamais il y a encore un contact possible. Voilà. Vous pouvez tenter de me casser la gueule, si vous voulez. Avant, je vous demande de me croire, je vous donne ma parole.

— Une parole de flic, cracha Raymond. Qui se leva, subitement très nerveux, se plantant près de la fenêtre, regardant un dehors qui redevenait très dangereux, comme s'il y avait déjà le GIGN planqué dans les fourrés les protégeant de la route. Les autres gardaient le silence. Dominique tremblait, il sentait que tout ce bordel se terminerait par une séparation forcée avec Pola.

— T'as pas parlé de moi ?

— Non, lui répondit Norbert. Mais je crois quand même qu'il va falloir que tu reviennes chez toi. Tu vas mettre en danger le groupe. T'es trop facilement repérable. T'auras quand même appris plein de trucs, ça te servira plus tard. Si tu veux, je te ramène...

— Jamais ! hurla Dom.

— Pas question, précisa Raymond. Ça ne te regarde plus, Monsieur le Grand Soir... Le Grand Soir, putain, j'aurais dû m'en douter. C'est tellement con, comme surnom...

Il se retourna. Immense. Soudainement dangereux. Dominique comprit alors que Raymond Le Camion de Voirie n'avait pas usurpé, lui, son nom de guerre. Il avait tout à fait l'air de pouvoir foutre le monde entier à la poubelle et tassant bien pour que ça rentre.

— Je ne sais pas pourquoi, et il ne faudra jamais me le demander, mais je te laisse partir. On a assez de fumier pour faire pousser, ici, les salades. Allez. Casse-toi. Tout de suite. Illico.

Norbert baissa les épaules, perdit subitement dix bons centimètres et alla récupérer ses affaires.

Il quitta la maison sans avoir à affronter le lourd regard de ceux qu'il trahissait. Tout le monde était parti dans le jardin. Pour regarder quelque chose de stable. Les patates qui poussaient. Déjà dix centimètres. Les pommiers avec leur espoir de calva.

Jeanne, agenouillée au milieu des sillons, a relevé la tête. Son visage était raviné par des larmes silencieuses.

— Nous sommes apparemment à l'aube d'un nouveau jour. Moi, une fois, j'ai été persuadée que j'étais arrivée à la fin des temps, au dernier jour. Et j'en ai profité, si j'ose dire.

Les autres ont senti qu'elle avait envie de parler, de narrer, de conter. Elle n'avait pas encore participé au *Blank Point*. Elle prit une profonde inspiration, se concentra et puis ouvrit la vanne.

— Ma mère aussi était une géante, comme Marion, même si moi... J'ai toujours été comme ça. Fragile, cassante, petite, toute fine. Je dois plutôt tenir de mon père, je l'ai jamais connu, mais j'ai des photos... J'ai été étudiante aux Beaux-Arts, du temps où les Arts étaient Beaux, enfin, pas si beaux que ça, il y avait le Grand Massier, le chef des étudiants, celui à qui l'on devait un respect total, le maître d'œuvre des chahuts et surtout des bizutages. J'étais en sculpture. Le premier jour, quand je suis entrée dans l'atelier, le Grand Massier était là et m'a montré une caisse en bois, toute petite et dégueulasse posée contre un mur. Il a simplement hurlé, devant tout le monde : Allez, l'asticot, dans la boîte à cons !

— Tu lui as répondu calmement qu'il pouvait toujours aller faire un stage en Hellènie, la coupa Artus, et je vois la suite... L'enfer. On te pique ton matériel, impossible de bosser, pas de place, pas de glaise, tout ça, et l'année qui s'annonce comme foutue.

— C'est ça. Exactement. Brutalement. Deux semaines ça a duré, mais je tenais bon. Le matin, quand j'arrivais, tout l'atelier me criait : dans la boîte à cons ! et moi, je ne les écoutais pas et j'allais à ma place où tout était salopé, on avait chié sur mon tabouret tournant, mon casier était farci de confiture, enfin de confiture, j'ai jamais testé. Même le prof ne me parlait pas. Un lâche. Quelqu'un qui avait peur. Comme tout le monde. C'est quand on a peur qu'on se laisse aller au fascisme ordinaire. Comme si l'ordinaire était moins grave que le flamboyant. Alors je partais et j'allais pleurer sur les quais de Seine.

Tout le monde regardait les patates. Ils avaient l'impression de les entendre pousser.

— Le premier jour de la troisième semaine, un lundi, je ne suis pas partie, j'ai attendu midi. Je suis allée, pour la première fois, au resto-u, pas loin. J'ai fait la queue, j'ai pris mon plateau en alu et je l'ai rempli, je me souviens très bien, carottes râpées, du pain, du veau avec des nouilles un peu grises, et un yaourt. Un yaourt carton. Je me rappelle bien du carton, je ne sais pas trop pourquoi. Et je suis allée poser mon plateau à la table où bouffait le Grand Massier. Ça, c'était totalement interdit. Le Grand Con mangeait toujours tout seul, ou bien c'était lui qui décidait qui pouvait avoir l'honneur de bâfrer à sa table...

— *Blank Point !* cria naïvement Dominique. Tu lui as écrasé ton yaourt sur la tête !

Jeanne ne releva même pas, la tête penchée vers les tubercules.

— J'ai posé mon plateau. J'entendais, tout autour de moi, un silence pesant s'installer peu à peu dans le réfectoire. J'ai disposé sur la table les carottes, le veau et tout le bordel. Et puis j'ai pris le lourd plateau en alu et je lui ai écrasé sur le crâne. Tellement fort qu'il s'est plié en deux. Le plateau. Le Massier est tombé lentement sur la table, puis au sol, le front en sang. Toujours dans le silence le plus total. Et puis je suis sortie, le plus dignement possible.

Les patates soupiraient.

— J'ai appris le lendemain que ce salaud était dans

le coma. J'ai été virée des Beaux-Arts. La justice m'a condamnée avec sursis. Le mec est handicapé à vie.

Et elle s'est remise à pleurer doucement. Entre deux hoquets, elle réussit à prendre Raymond par la manche.

– Eh, le Camion ! C'est bien que tu l'aies laissé partir.

34 / REWARD (vitesse lente) 4 Octobre / 12 h 34 / Gironde (33) / entre Grignols et Bazas

Juste après Grignols, les membres flamboyants de la Synergie Urubu-Spinoziste furent bloqués par des charrettes et autres véhicules barrant l'accès à la rue principale traversant le bourg. Il y avait quelques jeunes, la plupart en chemise blanche, certains portant une écharpe rouge en guise de ceinture, qui stationnaient devant le barrage, la bière à la main et un sourire niais aux lèvres.

Kiko et Vince stoppèrent leurs engins sombres à dix mètres de l'entrée interdite au village. Ils allèrent quémander poliment le droit de passage, et on leur répondit abruptement qu'ils n'avaient qu'à passer par Saint-Macaire et Langon. Serguei, qui venait de rejoindre ses deux compères, expliqua gentiment que ça représentait un chié détour, qu'ils étaient pressés et qu'ils ne pouvaient pas attendre, parce qu'ils avaient rendez-vous avec l'Histoire. Les villageois les regardèrent de haut, ces humains dépenaillés, noirâtres, si peu nombreux pour être dangereux. Ils répondirent que, eux, avaient rendez-vous avec la fête et la tradition. Ils précisèrent qu'ils avaient des ordres, que, pour des questions de sécurité, il était interdit de passer, car c'était l'*encierro*, cinq gros taureaux allaient être lâchés dans la rue, jusqu'à ce qu'ils rejoignent, en toute liberté, les arènes, de l'autre côté du village.

— En toute liberté ? souligna Patraque, venu en renfort.

La puissance bloquante ne ricana même pas. Elle se

contenta de finir sa bière et de jeter les canettes dans le fossé.

Les synergistes les étudièrent. L'été était encore là. Même si l'automne était officiel. La chaleur imposait toujours la nonchalance, la soif, les débardeurs, les espadrilles. Peut-être pour une dernière fois, le beau temps allait envoyer les crétinisés dans les arènes, ces mêmes décérébrés se pourléchant le moite inconscient à coups d'habits de lumière, de *faenas* sublimes, de mythes fondateurs, l'ombre noire, l'ersatz du Diable, le néo-minotaure, le soleil et le sang, l'or et le rouge. Alors que ce n'est qu'un taureau qui souffre et qui meurt. Ce n'est jamais le monstre animal qui crève en nous. Ce n'est jamais le Mal vaincu par l'Homme, le Bien. L'Homme n'est pas le Bien. La pauvre bête n'est pas un médiateur symbolique, ce n'est que du vivant magnifique prenant des coups d'*Opinel* dans le gras.

Ça y était, les Synergistes étaient énervés. On leur avait planté des banderilles mentales.

— Y en a marre de tout ce rouge et de tout ce noir qui ne sont pas les bons ! hurla Kiko à la foule médusée.

— Bande d'esclaves ! cria Le Coq depuis la voiture. Ça fait longtemps que s'il n'y avait pas de corrida en Espagne, y aurait eu la révolution !

On se mettait à les regarder d'un drôle d'œil. Quelques fusils de chasse luirent dans la paille des charrettes.

— Mythologie de merde ! balança Serguei.

— Machistes flamenquisés ! renchérit Virge.

— Matadors de merde ! cria le Renard.

— Torquemada ! rigola Patraque.

— À bas l'opium du peuple ! rigola Yoyo.

— Et à bas le foot et le pastis aussi ! renchérit la Naine.

Mais le piquet de corrida ne releva pas. Un

grondement venait d'éclater sourdement derrière lui. Des cris, des claquements de sabots, des glissements furieux, des exclamations forcenées. Les gens, dans la rue principale, se mettaient à courir dans tous les sens. Les taureaux venaient de déboucher d'une rue latérale, et, affolés, cavalaient sur le bitume en direction du lieu de leur martyre. Paniqués, ils restaient groupés, comme s'ils voulaient jusqu'au bout rester ensemble, se bousculaient et heurtaient durement des charrettes et des voitures garées en épi.

— Y'en a ras le cerveau de ces conneries, jura Serguei.

— Et dire qu'il y a encore des écrivains qui inondent leur manque d'inspiration du sang des bêtes ! résuma Patraque.

Les membres de la Synergie se regardèrent, remontèrent sur et dans leurs engins et foncèrent dans le tas.

Leur camionnette poussa la première charrette et ils s'engouffrèrent dans la brèche. Ça hurlait de tous côtés. On voulut s'interposer. Kyndy tira une rafale d'AK en l'air ce qui calma les plus énervés. Les aficionados plongèrent sous les bagnoles garées autant pour échapper aux taureaux qu'aux Synergistes en pétard.

Au milieu du village, ces derniers doublèrent les noires beautés fumantes d'angoisse qui, de peur, se mirent à emplafonner quelques BM et Mercedes au passage. Serguei en profita pour plomber au P 38 la vitrine du café de l'Europe qui sentait le pastis à plein nez.

Au bout de la rue, de la ligne droite, le Renard ouvrit une seconde et large brèche en tirant sur une fourgonnette de gendarmes qui, en manœuvrant, dégagea le passage pour éviter d'être transformée en panier à salade, un vrai, celui avec des trous.

Suivant aveuglément leurs libérateurs, les taureaux prirent cette sortie inespérée, comme s'ils voulaient les suivre et s'enfuirent dans les champs jaunis.

Le Coq était hilare et déclara que les autres crétinisés ne pourraient plus couper les oreilles de ces animaux sublimes qu'ils ne sont plus eux-mêmes, ni la queue, bien sûr, celle qu'ils n'avaient pas. Comme si tout était dans la queue, commenta Yoyo.

Et ils foncèrent. Ils n'étaient pas en retard, mais presque.

35 / PAUSE / Adonis Klakos (extrait)

«… Peut-on imaginer un sublime risotto aux truffes blanches suivi par une crème anglaise surie décorée de biscuits mous et acides ? Peut-on souhaiter à de merveilleuses vacances en *Kreiz Breizh*, une conclusion genre accident de la route dévastateur avec platane imperturbable et fossé réparateur ? Peut-on fantasmer sur un baiser fondant s'achevant par un dentier qui se détache ? Définitivement non. Et bien, pour les belles histoires, n'importe lesquelles, celles que l'on vit sans s'en rendre compte ou celles que l'on veut vivre avec intensité, c'est pareil. De nos jours, sous nos latitudes et nos habitudes, la fameuse formule « ils se marièrent et eurent beaucoup d'enfants » doit être reprise avec les pincettes de la modernité. Heureusement que Sigognac, à la fin du *Capitaine Fracasse*, trouve, en enterrant son pauvre chat Belzébuth, le trésor qui va lui permettre de mieux convoler avec la belle qu'il a mis plus de quatre cents pages à sauver des griffes du mal. Tout récit, si l'on en croit les préceptes de la diégétique, se doit de se fermer en s'ouvrant sur un avenir. Si celui-ci est noir, noirci, sombre et douloureux, ce n'est plus de l'ouverture, mais de la clôture à double tour.

La seule histoire qui compte, belle ou non, se termine mal. La nôtre, notre vie.

C'est déjà suffisant, comme expérience.

Alors, toutes les autres histoires devraient, par honneur et honnêteté, se terminer bien. Ça ne fera pas, bien sûr, une moyenne avec notre disparition programmée.

Mais ça fera glisser le temps, et selon les principes de l'Araison, nous rendra cet espoir volontariste en un monde enfin juste, joyeux et ordonné… »

36 / PLAY
5 Octobre, 11 h 20
(Premier jour de l'Année 1 dite ZO d'AXA-), Gironde (33), entre Margaux et Castelnau de Médoc

Crizzy la Lente Ardeur ne paniquait pas, non, mais se demandait si plusieurs de ses compagnons du Comité, avec ces conneries, n'allaient pas foncer aveuglement dans le tas et prendre des risques inutiles pour leur propre avenir. Même s'ils avaient suivi l'Enseignement, ils devaient se mettre à bouillir. Les Bleus ne bougeaient toujours pas et n'avaient qu'à peine répondu aux tirs. S'il fallait aller les déloger un par un, avec le bunker qu'ils avaient dû construire sous le château, ça allait être hydrophile.

Il fallait trouver un moyen de faire sortir le loup du bois. Sinon, il faudrait prévenir le deuxième front, celui du Nord, le Comité Durruti. Mais, dans cette optique, il y aurait une longue attente, au minimum deux jours, et les assiégés auraient le temps de compter sur ces armées secrètes, ces cagoulés, tous ces ninjas qu'ils avaient employés depuis quelques temps, un peu partout dans la doulce France, pour accomplir leurs forfaits. Et là, prévision de mauvais temps. Tempête force spéciale.

Raymond le Camion de Voirie était collé à son téléphone mobile trafiqué. Il tentait, par tous les moyens, de comprendre le pourquoi du comment de la stratégie de « la Maison Bleue ». Pour l'instant, auprès de tous ses guetteurs et informateurs, la dernière émanation, l'élément survivant des Copros, n'avait pas l'air d'ameuter les populations. Silence radio. Personne n'avait l'air d'être au courant. Ou ne voulait pas donner l'impression de l'être. Il était évident que, depuis leurs derniers exploits, les Bleus n'avaient pas vraiment réussi à regrouper les indécis derrière leur bannière outremer mouchetée de rouge et de rose.

Pour tout dire, on pouvait penser que l'Hexagone en avait ras le patrimoine des agissements inconsidérés de tous ces forcenés. Ce qui était sa première incursion dans l'Araisonnable. Grosso modo, les populations se mettaient à les envisager compactés dans les poubelles de l'Histoire. Une nouvelle génération de profiteurs semblait penser que les anciens ne leur étaient plus vraiment utiles. Parce qu'il y avait autre chose à faire. Et ça urgeait. Remettre la France en marche. Se réabonner au *Monde*. Prier pour le retour de Zidane. Espérer qu'il y ait de l'essence dans les réservoirs de bagnole, que le Loto ré-agite ses petites boules, que la Télé se resurprenne à mentir, qu'on organise des *référenda*, que la Sécu paye, que l'École aplatisse. Et que l'on redonne du boulot. Ah le boulot ! Allez ! La récré est finie ! Au boulot ! Au taf !

C'est en analysant tous ces paramètres aussi curieux qu'évidents, que le Front Sud, qui, pour l'occasion, s'était rebaptisé le Comité Makhno, avait décidé d'y aller, pour en finir une fois pour toutes. Une fois que les « Maisons » ne seraient plus qu'un souvenir honteux, il serait temps de prévoir un autre genre de résistance. Une autre guerre. Celle à la valeur. Celle au profit. Celle au salariat. Celle au nationalisme. En appliquant l'astratégie qu'Adonis Klakos avait définie depuis longtemps avec la sagesse et la sûreté de l'Araison.

Mais fallait quand même faire vite, car on ne pouvait pas trop compter sur l'apathie volontaire des ingrats.

Pour l'instant, tout s'était déroulé à peu près comme prévu. Ils étaient arrivés sans encombre. Ils ne s'étaient pas fait repérer par l'Institution. Le pont avait sauté, les bleus étaient maintenant coincés. Mais n'avaient pas l'air de s'affoler, ce qui était imprévu. Ils auraient dû tenter une sortie pour briser le siège.

Dans moins d'une heure, il faudrait absolument prendre une décision. Et il n'y en avait qu'une. Y aller.

C'était à Raymond le Camion de Voirie, de donner le signal. Lourde et difficile tâche.

—Là, en ce moment, demanda Crizzy, qu'est-ce que tu aimerais manger ?

— Je sais pas. De la morue aux patates. Comme la faisait ma mère. Et toi ?

— Des civelles. Bien gluantes. Tu sais ce que c'est ?

— Vas-y, prends-moi pour un nain.

Crizzy sentit que Raymond était tendu. Il fallait lui faire passer cette heure compliquée, celle qui les séparait d'une décision qui allait obligatoirement créer de la mort et de la désolation.

— *Blank Point*, lui dit-elle, un sourire aux lèvres.

Il soupira. Ce n'était pas le moment. Et pourtant, quand le défi était ainsi lancé, pas moyen d'y échapper. C'était un précepte absolu.

— Fais-moi un poème...

— Un poème ? Tu sais ce qu'Adonis Klakos a dit de la poésie ?

— Ouais. Que c'est comme une station de métro. Il y a deux sorties et des correspondances.

— Ça ne peut pas attendre ?

— Non.

— Bon.

Raymond le Camion de Voirie se concentra à fond. Même s'il passait pour un des maîtres du genre, il fallait remplir sa tête du désir de conter. D'improviser dans le sublime.

Il se lance enfin. Crizzy La Lente Ardeur se met à frémir, les poils de ses avant-bras se hérissent.

— On dit que les civelles…

Elle sourit. Bien sûr.

— On dit que les civelles, ces petites anguilles qui ne connaissent pas encore le monde adulte, reviennent de la Mer des Sargasses, et passent par l'estuaire pour remonter le temps, se laissant aller à leur tropisme mi-salé mi-doux et il y a bien eu un moment où les civelles, qui ne connaissent rien du monde, ont croisé, entre deux eaux, ces hommes noyés, qu'on venait de noyer, au beau milieu de l'estuaire, ces hommes partis de Nantes dans des barques à fond ouvrant, enchaînés, ligotés, frissonnants dans le petit matin, regardant fixement l'eau noire où ils allaient être jetés et perdus corps et âme, fixant ces vaguelettes comme celles d'un Loch Ness local, et ces civelles qui ne connaissent pas le monde, qui ne savent pas ce qui est interdit dans ce vieux monde qu'elles viennent de rejoindre, épuisées, à peine encouragées par la pulsion de leurs quelques gênes qui se plaisent dans les belles eaux boueuses des rivières non navigables, eh bien elles en ont sans doute mangé de ces hommes rendus aquatiques, et puis après d'autres hommes ont bouffé les civelles, ou du moins ceux qui ont réussi à les prendre dans leurs filets, et à les sortir, gluantes de l'effort fourni, car la civelle est aussi glissante sous la paume et entre les doigts que l'eau qui les porte, que le courant qui les guide, tout ce côté savonnette de la civelle, et tout ceci est un bel exemple d'innocent cannibalisme, et peut-être aussi que les civelles qui ont connu, en des temps anciens, Gilles de Rais, et son *mirandolesque Prelati*, ont sans doute aussi un peu mâché et avalé de la chair d'enfant, en se disant sans doute que c'était meilleur que les chairs de chouans qui viendraient plus tard, en se persuadant que cela ne faisait rien, que ce n'était pas interdit par la Loi, puisque qu'un jour ou l'autre, elles se trouveraient à frayer parmi les cendres humides de ce même Gilles de Rais qui ne manquerait pas d'être pendu et brûlé, depuis le temps immémorial où elles remontent le fleuve, elles savent, les civelles, ou du moins leurs gênes absurdes, qu'avec la Loi des Hommes, on ne rigole pas, d'ailleurs avec les Hommes on ne rigole jamais, il leur faut à tout prix éviter leurs filets, c'est la maman sargasse qui le dit, il faut éviter leurs paumes rêches, si l'on veut visiter les hauts des fleuves et rivières où l'eau est douce et claire, mais manque de pot, Gilles de Rais, ils ne l'ont brûlé qu'à moitié, et même pas, puisqu'ils l'ont enterré et que ce sont les lombrics et autres asticots qui l'ont mangé, et que peut-être ces lombrics et ces asticots, eh bien quelques civelles, au passage, les ont dévorés aussi, alors ça fait une moyenne, autre petite version inconnue et passagère d'un cannibalisme que les civelles ne rejettent pas, parce que la Mer des Sargasses, c'est loin, et qu'après un tel voyage, on ne regarde pas à la dépense, c'est comme un potlatch du ventre, on bouffe tout ce qui passe, manger pour ne pas l'être, et les civelles, eh bien, elles ne connaissent pas le monde...

Il reprit sa respiration.

Au même moment, un coup de feu éclata, au loin. Un Bleu venait de tirer. Sur rien. Comme ça. Pour simplement prévenir qu'ils savaient. Qu'ils attendaient. Pour leur dire que c'était le moment d'y aller. Ce simple coup de feu était comme une insulte, une provocation.

— Te laisse pas impressionner, dit Crizzy la Lente Ardeur, ils testent, c'est tout.

— T'es marrante, toi...

— Vas-y, je t'en prie. Peut-être que cette journée dépend de ton récit.

— Alors... Pour la plupart des civelles, c'est la

première fois qu'elles font le voyage, au moins aussi vite que ces fous d'hommes qui tentent le même trajet sur des bateaux à voile ou à vapeur, elles ne connaissent pas le monde, ce vieux monde comme on dit, et pourquoi partent-elles d'un monde encore neuf pour un monde déjà vieux, ça, c'est la loi du gène, et il y a aussi de l'absurdité imparable, et c'est peut-être ça qu'elles viennent voir, les civelles, l'absurdité d'un monde en train de pourrir lentement, un vieux monde qui chie dans ses rivières pures, qui empoisonne l'eau claire de ses rus, alors qu'il sait deux choses, le vieux monde, et il le sait très bien, un, les quatre cinquièmes du monde c'est de l'eau et les quatre-vingt-dix pour cent du corps de l'homme, du vieil homme, c'est de l'eau aussi, mais peut-être que l'homme du vieux monde sait aussi que les civelles, bientôt anguilles, se satisfont, pour le moment, de la saleté ontologique de l'eau, plus haut, qu'elles nettoient même, va savoir, alors c'est encore plus absurde de les pêcher, plus bas, dans l'estuaire, c'est comme si les hommes refusaient qu'on balaie devant leur porte et que c'est alors peut-être aussi la parabole de l'Eden perdu, avec ce serpent qui vient emmerder Ève, c'est vrai qu'une anguille ressemble beaucoup à un serpent, et ce serait pour ça qu'on les tue les civelles, on tue le diable, on le mange, paradis stomacal pour oublier un autre Paradis, plus hypothétique, mais bien présent, puisque tout le monde en parle tout le temps et parce qu'on peut dire que la civelle, c'est l'homme, c'est aussi quelqu'un quelque chose qui quitte absurdement un paradis, les Sargasses, pour venir se faire griller sur les bords nauséeux du Vieux Monde, alors faut pas qu'elle se plaigne, la civelle, c'est comme l'homme, ou la femme, c'est quelqu'un de perdu, quelqu'un qui fuit la pureté à tout prix, qui s'enfonce peu à peu dans la merde, et qui ne peut pas, qui ne veut pas faire autrement, on ne sait pas trop pourquoi, c'est ça le désespoir du monde, du Vieux Monde, c'est la loi des gênes, tu parles d'une loi et d'un déterminisme à la con...

Un autre coup de feu partit de la « Maison Bleue ».

— Ils s'énervent, frémit Raymond, en sueur.

— T'en occupes pas. Ne te laisse pas déconcentrer. Attention au *Blank Point...*

— Alors... Euh... Il faut dire aux civelles de rester chez elles, dans ces mystérieuses Sargasses, où, bon an mal an, on doit être heureux, avec tous ces triangles des Bermudes et quelquefois des navigateurs américains gras comme des porcs qui se noient en tombant de leurs bateaux de nantis, y a alors de quoi boulotter et grossir sur le dos du Monde Nouveau, c'est quand même plus agréable que de nettoyer le Vieux Monde, mais va dire ça à des petites civelles, qui sont comme des petites cuillères d'argent, voletant par milliers dans les eaux glauques de l'Estuaire, t'as pas l'air d'un con, ah ça, t'as l'air aussi débile que celui qui les pêche, au petit matin, puisque c'est un sport ancestral, la pêche à la civelle et qu'on ne voit pas pourquoi on s'arrêterait, pour nous les gênes c'est aussi la tradition, l'Histoire, et tiens, à propos d'Histoire, peut-être que les civelles vengent tous ces esclaves partis en sens contraire, et souvent du même endroit, de cet estuaire, de ces bords d'Estuaire, suffit de regarder la statue, le monument, sur le quai de Saint-Nazaire, ces barres de fer sinistres qui sont là pour l'édification des générations futures de petits d'homme, mais aussi pour toutes les générations futures de civelles, et qui dit que l'esclavage, c'est pas bien, et ce monument il est là, juste à peu près où l'homme s'organise pour esclavagiser stomacalement les civelles qui reviennent, comme si ces petits presque poissons étaient les âmes de tous les esclaves perdus, morts, massacrés qui revenaient pour envahir ce Vieux Monde où, déjà, les gens sont esclaves, et revenaient pour le changer, ce Monde, pour transformer, petit à petit, millénaire après millénaire, les gênes des hommes et pour qu'ils se mettent à ramper, à perdre leurs grands bras inutiles, puisque que ce sont des bras qui pillent, qui pêchent, qui polluent, et puis pour qu'ils se mettent, en rampant, à entrer dans l'eau, à se noyer, à apprendre à ne plus respirer et à gagner, peu à peu, la Mer des Sargasses, par bancs entiers, sans trop savoir pourquoi, et qu'une fois là-bas, les civelles les pêchent, les mangent et les anéantissent jusqu'au dernier et c'est peut-être tout ça que l'homme sait, comprend, et, inconsciemment, il se sent menacé, alors, il les détruit les civelles, parce qu'il voit en elles sa mort prochaine, sa mort annoncée... Ouf !

Crizzy l'embrassa avec fougue.

— T'es toujours le meilleur, Camion. C'est pour cela que nous avons tous une aveugle confiance en toi.

Mais Raymond, inquiet, regardait la « Maison Bleue ».

C'est à ce moment que, venant de la route de Bordeaux, un grondement leur fit tourner la tête. Deux motos et trois voitures, dont une camionnette, fonçaient, têtes baissées, vers l'ennemi, au mépris de toutes les règles.

Plus loin, derrière le pigeonnier, Artus vit également débouler la petite armada pétaradante.

— C'est quoi ces ahuris ? demanda Platé le Mythe Décisif.

— C'est la Synergie.

— La quoi ?

37 / REWARD (vitesse lente)
29 Septembre / 17 h 54
Château-Chinon Nièvre (58)

Le statu quo semblait s'imposer. Mais ce n'était pas un énième hommage à un vieux groupe de rock.

Les Roses et les Bleus, énervés, fatigués, contents d'avoir pu se partager la sale besogne sans avoir à trop tergiverser, heureux d'avoir su ne pas laisser de plumes sanglantes dans les décombres des autres « Maisons », se séparèrent sans se serrer la main. De façon à couper court à toute rumeur de collusion. Les Bleus restèrent officiellement dans la capitale, même si certains espéraient les voir aller s'enterrer dans leurs terres bordelaises. Les Roses hésitèrent entre se replier du côté de la Roche de Solutré et occuper enfin, le temps que tout se calme, leur ancienne bastide en plein cœur de Château-Chinon. Ils choisirent la seconde solution, se pensant protégés par le tas de civils vivant tout autour, édredon efficace pour éviter que des petits groupes viennent exercer leurs pulsions de vengeance.

On en était donc là. Du petit village des copros, ne restaient que deux Maisons. Obligées de se faire toutes petites, de vraies niches à chien, pour laisser passer le rouleau compresseur du temps. Pour diluer peu à peu, dans l'eau de vaisselle d'un hexagone tentant de se remettre en marche, la sale impression qu'elles avaient laissée dans le PIF, le Paysage Idéologique Français.

La réflexion de base, dans les états-majors de ces deux Maisons survivantes, était la suivante : chacune, repliée sur elle-même et n'ayant pas confiance dans les dires de l'autre, se calfeutrerait dans son repli armé, puisqu'il était techniquement impossible qu'elles s'attaquent en terrain neutre. De plus, les Roses et les Bleus avaient à peu près autant d'oreilles dans les circuits du pouvoir officiel, pour connaître à l'avance toute tentative honteuse et ainsi prévoir la riposte. Ainsi, les deux baraques s'annihileraient sans peine, à force de prévoir et d'attendre.

Seulement, les Roses oublièrent un paramètre. Et un gros. Leurs adversaires immémoriaux, les Bleus, avaient depuis longtemps de sérieuses et historiques accointances avec les ganaches, les militaires qui pensent toujours, eux, être, par essence, au-dessus des partis. Et des parties aussi, d'ailleurs.

Les Bleus partirent alors ostensiblement vers leur demeure du Médoc. Presque en fanfare.

Les Roses, à moitié penauds, à moitié méfiants, rejoignirent la Nièvre. Cent-cinquante militants forcenés et cadres de l'ancien parti enfin réunis pour officiellement préparer un Congrès futur et hypothétique s'installèrent au cœur de la bonne ville de Château-Chinon.

Cinq heures après, deux missiles *Matra* aussi intelligents et téléguidés que leurs frangins amerloc *Tomahawk*, percutèrent la « Maison Rose ». Le premier détruisit atrocement le bâtiment, le deuxième le grilla au phosphore.

Il n'y eut apparemment aucun survivant.

En bas de la France, dans le Médoc, on entendit des cris de joie et de victoire.

Suggestion d'épitaphe pour les roses : naïfs ou traîtres, toujours en retard.

38/ PLAY
5 Octobre, 11 h 45 (Premier jour de l'Année 1 dite ZO d'AXA-), Gironde (33), entre Margaux et Castelnau de Médoc

En tête de la Synergie hurlante, Kiko s'aperçut, juste à temps, que le pont avait disparu. Il freina en catastrophe, tourna violemment à gauche et fonça vers les chais en remettant les gaz. Les autres, derrière, le suivirent sans réfléchir. Dans la courte ligne droite les séparant du premier corps de bâtiment, la camionnette parvint à le doubler et percuta, en les explosants, les vieilles portes de bois du dix-huitième. La Synergie s'engouffra imparablement dans la bâtisse à sa suite et pila à mort entre les immenses barriques de chêne.

En sortant des véhicules, en descendant des motos, toute la bande avait les yeux brillants, comme des enfants devant l'arbre de Noël. Tant de pinard d'un coup, et du bon, du millésimé. Un jardin d'Éden. À leur mesure exacte.

Plus loin, Raymond le Camion de Voirie et Crizzy la Lente Ardeur estimèrent que ça risquait de compliquer le boulot.

C'est Serguei qui donna le signal. Dans un silence religieux, il pointa de son pistolet le haut d'une barrique géante et tira. Le bois éclata et un jet immense et rouge profond jaillit. Ils se précipitèrent, qui avec un chapeau, qui la bouche ouverte, qui les mains jointes, pour goûter la divine manne.

Qu'ils trouvèrent pas terrible. Le médoc, un vrai médicament. En tout cas, bien inférieure à leur Saint-Joseph habituel chéri.

Alors, ils se déchaînèrent. Et à coups de marteaux et de haches trouvés sur place, se mirent, en gueulant de définitives imprécations, à fracasser les barriques.

Le vin leur baigna illico les chevilles et s'écoula en fleuve sanglant vers la porte du Chai inondant la cour poudreuse.

Pour les assiégés : la goutte qui fait déborder le vase. Trop de chez trop. Le truc impossible. Un tel dégât. Dix ans de travail patient. La fin d'un patrimoine. La ruine pour la région. Le manque à gagner. L'image de la Frrrance. L'iconoclastie insupportable. La perte. La soif.

Les Bleus sortirent en masse pour sauver le rouge.

Raymond le Camion de Voirie donna enfin le signal. D'une voix puissante, il hurla : « ZO d'AXA ! »

Les trois-cents volontaires du Comité Makhno se mirent au travail.

39/ PLAY
5 Octobre, 23 h 20 (Premier jour de l'Année 1 dite ZO d'AXA-), Gironde (33), entre Margaux et Castelnau de Médoc

Suggestion d'épitaphe pour les Bleus : le cynisme mène à la mort violente.

La nuit était tombée depuis longtemps. Un magnifique ciel rempli d'étoiles. Au moins aussi nombreuses que celles qui pétillaient dans les yeux des combattants du Comité.

Ils étaient regroupés le long de la route, prêts à plier bagage. Ils resteraient ensemble une centaine de kilomètres, on ne savait jamais, il pourrait y avoir encore des convulsions de vieux possédants, et puis chacun s'en irait de son côté, avec les clefs et les codes secrets pour se regrouper à nouveau au cas où ça deviendrait nécessaire. Pour l'instant, il fallait voir avant de prévoir, observer avant de soupeser et juger ce qu'allaient bien pouvoir accomplir ceux qui avaient choisi de remettre le pays sur les rails.

Emportée par son élan, la Synergie Urubu-Spinoziste avait quitté le champ de bataille, partant tout droit vers d'autres effarantes aventures. Pendant de longues minutes, on avait entendu leurs hurlements de fauves couvrir le grésillement des grillons et autres insectes nocturnes.

Il était presque minuit. Cela faisait pratiquement vingt-quatre heures qu'ils étaient arrivés dans ce coin maudit du Sud-Ouest.

Juste l'espace d'un *nycthémère*, avait dit Raymond.

Les héros du Comité regardaient une dernière fois derrière eux. C'était le passé. L'immense « Maison Bleue » rougeoyait dans l'obscurité. Énorme crématorium où se consumaient les derniers copros et une dizaine de leurs assaillants.

Des membres du Comité s'étaient regroupés, instinctivement, respectant ce qu'ils étaient avant pour imaginer ce que serait leur vie d'après.

Dominique, exalté, avait retrouvé Pola, Marion le Moral Mossberg et Alice le Lapin Blanc. Et, ensemble, ils avaient cherché Artus, inquiets de ne pas l'avoir vu réapparaître après la bataille. C'est Platé le Mythe Décisif qui le ramena sur son dos. Il n'était ni mort ni blessé, mais s'était bloqué une seconde crise aiguë de sciatique, en ramassant une AK 47 abandonnée par un Bleu, au plus fort des combats.

Artus gagna alors son pseudo, son surnom perpétuel : Artus les Deux Sciatiques.

40 / PAUSE / Adonis Klakos (extrait)

« … Soyez vigilants.
Et restez-le… »

Déjà parus

Dans la collection Le Poulpe
La petite écuyère a cafté, Jean Bernard Pouy
Un trou dans la zone, Franck Pavloff
La bonne a tout fait , Franz Bartelt
La Belge et la bête, Bruce Mayence

À paraître
Papy End, Jean-Pierre Andrevon

Dans la collection La fille du Poulpe
Les cols des Amériques, Thomas Cantaloube
Faut pas prendre les enfants de la rue pour des connards sauvages, Maryssa Rachel
Des clics et des claques, Dominique Sylvain
Les poupées rusent, Serguei Dounovetz
Un havre de paix, Judith Wiart
Coups et tortures, Jérémy Bouquin
Moscou & blessures, Michel Moatti
Ferry Bad Trip, Jean-Marie paris
La route du Rome, Michel Quint
Martinique Dry, Magali Collet

À paraître
Syd Barrett, Husky et p'tites BD, François Darnaudet
Le malheur n'attend pas le nombre des années, Lucile Debaille

Dans la collection Les instantanés
Nycthémère, Jean-Bernard Pouy

À paraître
La boue des hommes, Pierre Baptiste Mazoyer
ZZZAC, Frédéric Castaing

Cet ouvrage a été achevé d'imprimer en juin 2025
dans les ateliers de Normandie Roto Impression s.a.s.
61250 Lonrai (Orne)
N° d'impression : 2502389

Imprimé en France